乘风破浪的唐朝女子

扶兰 著

新世界出版社
NEW WORLD PRESS

图书在版编目（CIP）数据

乘风破浪的唐朝女子 / 扶兰著. -- 北京 : 新世界出版社, 2020.10（2021.3重印）

ISBN 978-7-5104-7134-6

Ⅰ. ①乘… Ⅱ. ①扶… Ⅲ. ①历史故事—作品集—中国—当代 Ⅳ. ①I247.81

中国版本图书馆CIP数据核字（2020）第194409号

乘风破浪的唐朝女子

作　　者：扶　兰
责任编辑：周　帆
责任校对：宣　慧
责任印制：王宝根　苏爱玲
出版发行：新世界出版社
社　　址：北京西城区百万庄大街24号（100037）
发 行 部：（010）6899 5968　（010）6899 8705（传真）
总 编 室：（010）6899 5424　（010）6832 6679（传真）
http://www.nwp.cn
http://www.nwp.com.cn
版 权 部：+8610 6899 6306
版权部电子信箱：nwpcd@sina.com
印　　刷：三河市骏杰印刷有限公司
经　　销：新华书店
开　　本：880mm×1230mm　1/32
字　　数：220千字　　印　　张：7.75
版　　次：2020年10月第1版　2021年3月第2次印刷
书　　号：ISBN 978-7-5104-7134-6
定　　价：46.00 元

不信比来长下泪，开箱验取石榴裙。

曾经幽居感业寺的武媚娘，着这一袭热情如火、殷红似血的石榴裙，摇曳而行，最终登临于帝座之上，徜徉于上林苑中。在这漫漫青史之中，她留下一抹深红印迹。

墙头马上遥相顾，一见知君即断肠。

唐代是一个婚姻爱情相对比较自由的时代，当时的青年男女们，不依“父母之命，媒妁之言”而婚恋者，不在少数。

重重摩挲嫁时镜，夫婿远行凭镜听。

唐代有“镜听”的民俗——在除夕或岁首的夜里抱着镜子偷听路人的无意之言，以此来占卜吉凶祸福。画中女子正在用“镜听”来占卜夫婿归家日期。

一行书信千行泪，寒到君边衣到无？

唐以后，我们很少再在诗词之中看到为征夫寄送寒衣的景象了。但是，当西风吹起，凉意袭来，我们是否依然会担忧远在异乡的亲人与爱人有无及时穿上寒衣？

前　言

世人常说：雄汉盛唐。

唐朝，的确是一个辉煌盛大的朝代，千百年来，无数人为它追思怀想，为它心驰神往，想要去靠近它、认识它、了解它，想要让它永远为世人铭记与热爱。

如何去解读这样一个伟大的朝代？

学者读唐代，多由唐史。

学生读唐代，多由唐诗。

而大多数普通人读唐代，最关心最熟悉的，往往是唐人故事。

不过，唐史、唐诗与唐人，本就是一体。

因此，还须从唐史中来读唐诗与唐人，从唐诗中来读唐人与唐史。

然后在那一个个唐人故事中，我们能够更多地了解唐史与唐诗。

唐史主要记载的是帝王将相、文人词客、军国大事、典章制度等内容。

唐诗的主题与内容，虽然也有诸多关乎女性的部分，但作者多是男性，研究者主要关注的也是这些男性作者和他们的生平，对于关乎女性生活的这一部分的点评分析，往往散见于各处，不免零乱。

我们熟悉的唐人故事里，很多人大约也只知道两位女性的主要事迹：空前绝后的女皇武则天，倾国倾城的美人杨贵妃。

而要了解唐代，就不能不了解唐代女性。

她们是大唐的明月。日月同辉，才是完整的大唐。

故而，在本书中，我们就从唐史、唐诗与唐人故事中，来读一读唐代女性的生活状态、性格命运、面貌风情，看看那千年前的姹紫嫣红，如何绽放，如何凋落，如何争艳吐芳。

○
○
目
录
○
○

宫阙篇

九重宫阙映朝日，太液芙蓉掩月华

婚恋篇

秾李夭桃恋春风，翠竹寒松隐山中

世情篇

世态人情多烦忧，花自艳艳水自流

宫阙篇

九重宫阙映朝日，
太液芙蓉掩月华

武则天

帝座迤逦石榴裙

唐代女性中，武则天无疑是最耀眼的那一个。

她是大唐的明月，也是大唐的旭日。日月当空，是为武皇。

武则天为什么能够成为独一无二的女皇？前人后人，对此论者极多，无须笔者赘述。

不过，前人常说：“诗言志。”又云：“文如其人。”

从武则天的诗句之中，我们是否也可以一窥个中原因？

武则天并不以诗名著称，但是生在那个处处皆歌诗的年代，她仍然留下了一首后人比较熟知的《如意娘》：

看朱成碧思纷纷，憔悴支离为忆君。
不信比来长下泪，开箱验取石榴裙。

写这首诗的时候，武则天——这个时候还叫武媚娘，正在感业寺出家为尼。

唐太宗死后，他生前的不少嫔妃都被送到寺庙出家，身为才人的武媚娘也在其中。

那些嫔妃都认命了，武媚娘没有认命。

她写下这首诗，而且想办法送到了唐高宗的手里。

隋唐皇室皆胡风颇盛，唐代文化亦常被称为胡汉混血。受胡人继婚制的影响，皇室的放诞肆意，以及武则天刚强果烈的个性对太子时代的李治的巨大吸引力，使得李治与武才人在太宗在世时便已经有了秘密的情感。

这首《如意娘》中，炽热的感情，滚烫的泪水，禁忌的刺激，救赎的希望，交织在一起，亦真亦幻，亦歌亦哭，直入人心，也无怪乎高宗看到这首诗后，大为感动，于是将武媚娘从寺中接了出来。

这首诗中的武媚娘，是幽怨而热烈、深情而果敢的。没有这样的幽怨与深情，她不能打动高宗；而如果只有幽怨与深情，恐怕也不能打动高宗，更不能在高宗的认可与支持下一步步登上临朝听政的高台。

诗中的幽怨与深情，是真是假，或许连武媚娘自己也分不清吧。也许当她写下这首诗的时候，她将自己也感动了。

当武媚娘成为武则天之后，有了另一首诗，即《腊日宣诏幸上苑》：

明朝游上苑，火急报春知。

花须连夜发，莫待晓风吹。

《镜花缘》里将这首霸气十足、顺我者昌逆我者亡的短诗，作为百花下凡的引子。众多花仙，因为不敢违抗真命天子武则天的诏令，只得在冬日开花，然后又因为违背了天时，被贬下凡，这是另类的“神仙打架，小鬼遭殃”了。

实际上，据说当时是管理上林苑的官员，用丝绢制作了假花，才满足了武则天冬日看花的要求。

两首诗作于不同时期，但都可以清晰地看到武则天那种热烈果敢的个性。只不过，《如意娘》中，是不屈从于自己的命运；《腊日宣诏幸上苑》中，则是要主宰这天下的命运。

武则天的这种个性特点，从她少年时代便已经体现出来，有一个著名的故事，是说她如何驯服烈马：

唐太宗得到一匹外邦进贡的名为“狮子骢”的骏马，这马性子太烈，很多驯马师和骑马高手尝试过后，都没能驯服它，太宗很失望，武才人便自告奋勇地站了出来，对太宗说：我会先用铁鞭抽打它，以作为警告；它若不服，就用铁锤锤它的头，作为严重警告；如果还不服，就用匕首割断它的喉咙！良驹骏马，如果不能被驯服来为君王乘骑，要它何用?

少年时代的武媚娘，显然还不懂得掩饰自己的锋芒。

然后她遇上了性格同样刚烈果敢的太宗。

曾经长年统率千军万马南征北战的太宗，个性脾气，有的时候可以称得上一句“酷烈”，据说魏征曾劝他上朝时一定要摆出和蔼可亲的样子来，尤其是不要在朝堂上生气，以免他的暴龙气质吓得很多大臣不敢说话。

大概是因为这一番锋芒毕露的对答，太宗对这位武才人，很是不喜，自此冷落了她，不再召幸，让她在才人之位上待了足足十二年。

不过，“甲之砒霜，乙之蜜糖”，武则天与李治倒是情投意合。

当然，作为一位合格的帝王，武则天的诗，并不只是这一种面貌。《早春夜宴》便是另一种风格：

九春开上节，千门敞夜扉。兰灯吐新焰，桂魄朗圆辉。

送酒惟须满，流杯不用稀。务使霞浆兴，方乘泛洛归。

开篇即从大处着眼，寥寥数笔，长安城的春夜宴游图，便已展开。千门万户，灯月交映，这是细节的绮丽与空间的辽阔交相辉映。“送酒”与“流杯”，写夜宴的尽情欢乐。酒阑兴尽，从洛水泛舟而归，明月之下，春风沉醉，远处或有笙歌细细、灯火隐隐。这是太平盛世的良辰美景，也是让泛舟人想要高歌长吟的赏心乐事。

而这一首声律尚不够谐和的五律，其中意义，并不止于能够从中窥见武则天这位盛世帝王的心胸、品位与个性。

有学者认为：初唐时期，律诗体制的定型和规范化，上官仪与上官婉儿祖孙固然功劳尤大，沈佺期、宋之问的贡献也不容忽视，而作为最高统治者的武则天却是最有力的支持者和推动者，她不仅大力倡导，而且身体力行。

从这个角度来说，这首《早春夜宴》，也可以视为武则天身体力行推行文治的例证。

身为女子的武则天，为什么能够临朝称帝，为什么能够震慑文武百官，为什么能够赢得那个时代的人们的敬畏与敬重，由此亦可见一斑。

曾经幽居感业寺的武媚娘，着这一袭热情如火、殷红似血的石榴裙，摇曳而行，最终登临于帝座之上，徜徉于上林苑中。在这漫漫青史之中，她留下一抹深红印迹，千年之后，这一袭红裙，犹自历历如新，惹得无数你我，驻足注目，遥念悬想。

长孙皇后

林下风流旧知名

史书记载之中，唐太宗的长孙皇后，性情刚毅，所以在玄武门之变时能够安抚后方、托付生死；贤良淑德，所以能以谦恭节俭自律，并以此教导子女，以仁慈之心抚恤宫人；聪慧理智，所以好读书籍图传，与太宗谈古论今、襄理朝政；常劝太宗善纳良言，魏征与房玄龄都曾因此受益；并以长远目光约束外戚、稳定朝局。因此，《贞观政要》直言，贞观之治，长孙皇后之贤明功不可没。

这是一位被视为楷模的皇后，太宗坚持以“文德”为谥，美之极矣，也是典范之极。

这样一位皇后的诗作，似乎也应当是以典雅庄重为主要风格。

然而，我们在长孙皇后《春游曲》中读到的，却并非如此。

《春游曲》为长孙皇后游上林苑时所作：

上苑桃花朝日明，兰闺艳妾动春情。

井上新桃偷面色，檐边嫩柳学身轻。

花中来去看舞蝶，树上长短听啼莺。

林下何须远借问，出众风流旧有名。

这首诗，在工整绮丽之外，又满纸俏皮，“偷”与“学”二字，尤为生动。春光灿烂，上林苑满目芳菲，然而新桃嫩柳、舞蝶啼莺，都不如游春人的洒脱飘逸、出众风流。末了以林下风流结尾，直承魏晋之潇洒风度。

此诗作者的个性看起来似乎与史书中的长孙皇后的个性不太吻合，有违“诗如其人，文如其人”的常识。

不过，想一想“朝服进谏”的典故，其实长孙皇后的个性，已可见一斑。

太宗的性情刚烈骄傲，而魏征好直言极谏，某次太宗回宫后十分气愤地向长孙皇后发牢骚说，以后一定要找机会杀了魏征那个经常在朝堂上羞辱他的乡巴佬。

下朝回家先找妻子诉苦，长孙皇后一定很善于开导人，所以太宗才会养成这个习惯。

长孙皇后没有直接对盛怒中的太宗进言——人在盛怒中本来就很难听进逆耳之言，太宗的脾气更容易加重这怒火，气头上说话容易针锋相对，所以古人说“事缓则圆”。

听完了太宗的牢骚——这一点应该可以确定。如果没有听完牢骚，长孙皇后也不知道究竟发生了什么事情，不能有针对性地劝谏。

所以，耐心听完了太宗的牢骚之后，长孙皇后默默回到内室，换了朝服出来祝贺。

已经发泄过一通的太宗，此时怒火稍息，对着长孙皇后这样郑重其事的行为，不明所以，大为好奇。

好奇心一起，怒火随之进一步减弱，长孙皇后这才顺理成章地说出自己的理由：她换上朝服，是为了庆贺；庆贺什么？有明君始有直臣，今有直臣，故为陛下贺。

将苦口良药裹上糖衣，服药者就乐意多了。

太宗听了这番话，果然转怒为喜，此后更加重视魏征。

长孙皇后与魏征劝谏的风格，非常不同，不过，直言极谏与婉言劝谏，黑猫与白猫，其实一个都不能少，对吧？

长孙皇后若生在今日，一定是一个出色的心理学家。这样聪慧圆滑，善心与仁术兼具，如水势善利万物，流动生辉。

另一个故事，与《九成宫醴泉铭》有关。太宗与长孙皇后在九成宫避暑时一起散步游览，走到西城背阴处时，突然发现有一处的泥土异常湿润，太宗便拿起手杖朝此处试探深插，不多久便冒出了泉水，帝后二人十分欣喜，于是太宗特命魏征撰文、欧阳询书刻《九成宫醴泉铭》，以作纪念。

那时是贞观六年（632 年），帝后二人，都还比较年轻，太宗拿手杖探地泉的举动，很有几分年少轻狂气，长孙皇后欣然同乐，宛然童心未泯，意趣相投。

史书中的长孙皇后，是工作状态，所以庄重严整、兢兢业业；《春游曲》中的长孙皇后，是休闲状态，所以调花赏春、潇洒风流。前者为皮，后者为骨，故而即使是正史中的长孙皇后，于端庄典雅之外，时时也可以窥见那一点圆滑活泼的聪慧。

所以归根到底，其实还是诗如其人：

林下何须远借问，出众风流旧知名。

这是魏晋风流的光艳活泼，同时又跳动着初唐时期的青春热情。

徐贤妃

山中人兮芳杜若

长孙皇后病逝之后，唐太宗听闻武则天的美貌之名而召她入宫，不过武则天刚烈果敢的个性，并不能得到太宗的嘉许，很快便被冷落，一直待在才人之位上。

太宗晚年，偏爱的是文艺青年风格的徐贤妃。

徐贤妃名惠，《新唐书》称徐贤妃："生五月能言，四岁通《论语》《诗》，八岁自晓属文。"五个月就会说话，这个大约有些夸张。古人写传记，总要为非凡人物安排一个非凡出身，似乎非如此不能体现这位非凡人物的超凡之处。至于四岁就通晓《论语》和《诗经》，八岁就能写文章，还是有合理之处的。幼儿的记性极好，聪慧的幼儿，背得了《论语》和《诗经》的原文，记得住解说甚至于注释，是有可能的，在这个基础上，日积月累，到八岁的时候也是可能有这个能力写文章的——这个时候的文章可不是小学生作文，而是能够布局成篇的文言文，唐初盛行的还是骈体文，难度不小。

其父大约觉得女儿太过早慧，恐有妨碍，一直遮掩着女儿的才名，但又难免以这样的女儿为荣，“试使拟《离骚》为《小山篇》”。《离骚》，这个我们都知道；《小山篇》，指的是“淮南小山”，这是汉代淮南王刘安所招揽的一部分门客的共称（类似于现在的集体笔名），这个笔名下，最著名的作品是一篇小赋《招隐士》，这是一篇楚辞风格的名文，铺写荒山溪谷的凄凉幽险、隐士幽居的寂寥艰危，情感浓郁，音节优美，像“王孙游兮不归，春草生兮萋萋”这样的名句，历来传诵，末了以“王孙兮归来，山中兮不可久留”结尾。

《招隐士》，在后世的文人墨客心中，留下了山中隐士、春草别情的永恒意象。这样的名作，历来便是诗人仿写、化用的重点对象。

让年少的女儿模仿《离骚》的风格意旨来仿写《小山篇》，徐父颇有“望女成凤”之心啊！

于是徐惠写下了这首《拟小山篇》：

仰幽岩而流盼，抚桂枝以凝想。
将千龄兮此遇，荃何为兮独往。

诗中女子独处山林、深情而幽怨的形象，让人恍惚想起屈原笔下的山鬼：那个以萝为衣、手持香草的山中精灵，艰难跋涉，来到约定的地方，在风雨中，独自等待着她的情人，情人却久久不曾到来，只有她在风雨交加、猿狖齐鸣之中，黯然伤怀。

徐惠笔下的山中人，俨然便是这山鬼的另一写照。

只是，屈原笔下的山鬼，有着更为深沉炽烈的情感，与更为迷离恍惚的瑰丽神秘。

徐惠笔下的山中人，则有着更多的少女的轻愁薄怨，行文之间，似也更近于文士的风雅含蓄。

便如那瑰丽彩霞之侧的一缕白云，浓丽牡丹枝畔的一叶碧草，虽是轻巧小诗，却极得《楚辞》流盼幽丽之美，也极得《离骚》与《小山篇》的幽深凄清之意。

因此，《拟小山篇》使得徐惠的父亲“大惊，知不可掩，于是所论著遂盛传。太宗闻之，召为才人。”——徐父现在觉得，女儿的才华太出众，没法掩藏了，于是将她的文章传扬了出去。唐太宗听说了她的才名，便召她入宫，封为才人。

说起来，中国古人对于有文化的天才似乎是非常宽容的。方仲永一介小童，生于乡野，未读书而能作文，乡民居然不视为妖邪，反倒将他作为一个小小天才捧起来。徐惠“五月能言”“八岁自晓属文”，这意思是不用教，自己就会写文章了，家人也不以为怪，反倒颇为自豪，正史中还要大大地书一笔。

徐惠以才名而被召入宫，入宫之后，也沉迷于书海之中，手不释卷。太宗对徐惠的文才颇为欣赏，将她由才人升至婕妤，再升至充容。

太宗逝后，徐惠痛不欲生，自请殉葬。

为什么会自请殉葬？是因为她将太宗视为自己的精神支柱吗？不管是从女性的感情角度，还是从唐朝臣民的角度，后世称为“千古明君”的太宗，可能的确有这种强烈的人格魅力。不过这也只能是推测，史书上只有简单一句自请殉葬，今人已无从追寻那时还很年轻的徐惠在悲痛欲绝中的所思所想。

唐代并没有殉葬制度，太宗死后，他那些没有生育子女的嫔妃大多出家了，徐惠也应在其中。因此，徐惠没有能够殉葬。

然而，她还是在太宗逝后第二年即因病去世，时年二十四岁，追封贤妃，陪葬于昭陵。

对照入宫之前的《拟小山篇》，一位长发飘飘、白裙翩翩、敏感多思、深情无悔的文艺女青年的形象，跃然纸上。

在宫中时，因为年轻，徐惠难免也有气盛之时。某次太宗召见，徐惠迟迟方至，并作《进太宗》一诗：“朝来临镜台，妆罢暂裴回。千金始一笑，一召讵能来。”太宗的怒气，因这首诗而消解。

由此可见，徐惠的确是个有些傲娇的文艺女青年啊。

不过，因为博览群书，因为站在帝国的最高峰，或许也因为在太宗身边耳濡目染，徐惠又不仅仅只有文艺的一面。

太宗晚年，大兴土木、大肆征伐，徐惠上书劝谏，是为《谏太宗息兵罢役疏》，为历代史家所重，收入《旧唐书》《新唐书》《贞观政要》《资治通鉴》等。

这样的徐惠，才能写下《秋风函谷应诏》：

秋风起函谷，劲气动河山。偃松千岭上，杂雨二陵间。
低云愁广隰，落日惨重关。此时飘紫气，应验真人还。

开篇直入主题，“**秋风起函谷，劲气动河山**”一句，质朴自然而又苍劲雄浑。秋风过处，千山万岭上，群松俯首，秋雨潇潇，远望陵园一片苍茫，原野上秋云低垂，重重关隘上落日欲没。这样的景象，是辽远空阔的，又是萧瑟惨淡的。但至诗末，忽然一笔，紫气东至，真人归来，将全篇气氛意境，猛然翻过，如奇峰突起，如云开见日。

这是腹中有诗书、眼底有山河才能够写出来的文字。也无怪乎这首诗被编入《初学记》——这是教导唐朝储君和皇子们如何写诗作文、具有启蒙性质的皇室教材。

徐惠是与武则天截然不同的另一种女性形象。武则天在最纵情肆意的时候，似乎也始终怀着一颗冷静的心在冷眼看着这个世界。而徐惠即使如此贤淑文雅、明智通达，可以站在文臣的角度劝谏太宗，可以写下《秋风函谷应诏》这样法度严整、气象恢弘的应制诗，她的内在，似乎也始终是那个独来独往、至情至性的山中人。

不过，生于如朝日方升、生机勃勃的初唐时期，又有幸陪在了太宗身边，徐贤妃这位山中人的眼光气度，终究不曾局限于幽深山林之中，而是放眼于天下。

她与性格迥异的武则天，同样都是那个时代造就的女性。

安乐公主

花月春风如梦中

唐人的性格，相对于其他朝代，很显然有着更多的豪放热情，喜爱饮宴为乐，大大小小的宴会上，呼朋唤友、纵酒高歌、急管繁弦、舞袖飘飞，都是常见的景象。

今人回顾唐人的宴乐，想到的或许是李白与他的兄弟们在春夜的桃李园中的欢聚，“开琼筵以坐花，飞羽觞而醉月”，这是何等良辰美景、赏心乐事?

权倾一时的安乐公主的夜宴，自然又是另一番景象。

《全唐诗》中，以“夜宴安乐公主新宅”为主题者，计有十九首，此外还有十余首以“安乐公主新宅”为主题，是诗人白日游览新宅所作。

从诗人身份来看，夜宴诗的作者，多为高官大臣。

或许是因为，据说唐代上朝考勤很严格，宰相无故缺席都要被扣俸禄，白天里这些大臣们都要上朝，因此只能在下朝后过来参加夜宴?

这场高规格的夜宴，是什么样子的?

不妨借用苏颋这首《夜宴安乐公主新宅》，让我们一起来领略这夜宴风光：

车如流水马如龙，仙史高台十二重。
天上初移衡汉匹，可怜歌舞夜相从。

开篇第一句，车如流水，马如游龙，衔头接尾，络绎不绝，不见华丽词句，而一派繁华富丽景象已跃然纸上，其间又另有一种风起云动的气势与生机。

第二句借用了秦穆公之女弄玉与夫婿在高楼上吹箫、引来龙凤、乘龙骑凤成仙而去的典故，点明夜宴主人的身份，也很是迎合唐人喜好求神问仙的风尚，而且以高台十二重的神仙世界来写安乐公主新宅，果然是大手笔。

第三句是用一个诗意的说法来表明宴会的时间：夜幕已降，天河初转，星光灿烂，流光溢彩。

第四句方是直接写夜宴景象，只讲歌舞之可怜可爱，轻轻一笔，如柔绡轻纱，薄红淡绯，抹在前三句那壮丽开阔、气势流动的宏大图像之上，壮观者越见壮观，绮丽者越见绮丽。

而贯穿全诗的，又有一种无时不在的运动感。车如流水，马如游龙，这是实景的“动”；仰望新宅，视线由下而上，高台十二重尽收眼底，这是视角的“动”或者说意“动”；夜色渐浓，天河初转，这是以文学手法将时间加速的“动”；歌舞相从，仿佛可见歌儿舞女一队队自酒筵座席之前飘然而过，欲去欲来，袖影轻拂，眉角眼底，如有情意绵绵，这是歌舞者与观者的互“动”。

一以贯之的动感之外，是一气呵成的长镜头。开篇是赴宴，车马川流不息；在门前下马下车，自然要好好看一看这座宏丽的新宅；视线上移，仰望高楼，又转向夜空银河；踏入新宅，由远及近，华堂已在眼前，入得堂来，夜宴已开始，歌儿舞女，衣香鬓影，摇曳生姿。

这个凝练于短短二十八字中的长镜头，从人间到天上，从天上到人间，移步换景之间，有着一种行云流水的畅快。

在这首诗中，我们看到了苏颋的“大手笔”，更看到了一场奢华无比、锦绣灿烂恍若神仙世界的夜宴。

苏颋的这首夜宴诗，或者更准确地说，诸多诗人的这一系列的夜宴诗，明面上的主角，是安乐公主新宅的夜宴，实质上的主角，恐怕是安乐公主本人。

安乐公主何许人也?

安乐公主，唐中宗与韦皇后爱女，生于中宗与韦后被流放时期的685年，仓促之间，连襁褓都没能准备，中宗李显匆忙中脱下自己的衣服来包裹她，因此起了一个小名，叫“裹儿”。

这个小名里，包含着太多的辛酸。

不论中宗还是韦后，都因此而对这个女儿万般怜爱。

安乐公主的短短一生，极富戏剧色彩。出身高贵，而生于艰难困苦之中，以至于出生时只有父亲的衣服包裹；长于父母的极度溺爱之中，而又时时承受着死亡的威胁——每有使者至，李显都害怕带来赐死诏书，恐惧欲自杀，被韦后阻止，幼小的安乐，想必深深感受到了这几乎未曾离开过自己头顶的死亡阴影。

在这样的环境中成长起来的安乐，心理上恐怕很难说是健康的。尤其是，她还有一个野心勃勃的母亲韦后。

701 年，当李显回到长安，即使尚未复位，一家人的地位也发生了天翻地覆的变化。

年少的安乐，在以安乐郡主的身份嫁给武三思之子武崇训时，贵戚显宦，无不往贺，宰相李峤、苏味道，及郎官沈佺期、宋之问等都献上诗文称颂这桩颇有政治联姻意味的婚事。

705 年，中宗复位。这一年安乐二十岁。

年轻的安乐，曾经缺衣少食、艰辛寒薄，而今烈火烹油、鲜花着锦；曾经朝不保夕、战战兢兢，而今生杀予夺、权倾天下。这样天翻地覆一般的地位变化，很显然让她的心态完全失衡了。

不是每个人都能有足够的心理承受能力与自制力，去正确对待自己手中掌握的权柄。

人性本来便是脆弱的。

在扭曲的环境中成长起来的年轻的安乐，她的心性，恐怕更加脆弱，更加经受不住这样巨大的考验。

站到了大唐权力顶峰的安乐公主，奢侈无度，专权乱政。皇帝诏令敕封的官员是朱笔，安乐不能用朱笔封官，便用墨笔下敕令斜封授官，所授官员被称为“斜封官”。也有史料说，安乐公主还曾经蒙上中宗的眼睛，让中宗在她的授官敕令上签字盖章，中宗连敕令都没有看过，也纵容地如她所愿。

《新唐书》称安乐公主“光艳动天下，侯王柄臣多出其门”。所谓“光艳动天下”，不是只有美貌就可以做到，更多的还是借助于财富与权力。

从二十岁到二十五岁，短短六年间，安乐公主仿佛是疯狂一般地挥霍着财富与权力。除斜封官之外，曾于洛阳道光坊造安乐寺，用钱数百万；曾集天下巧匠，在洛阳昭成寺中造百宝香炉，府库历年储藏为之一尽；又曾制百鸟裙、单丝碧罗笼裙，神奇不可思议；请将昆明池变成自己的私家池塘不得，自凿定昆池，延袤数里；“夺临川长公主宅以为第，旁彻民庐，怨声嚣然”；又“掠民子女为奴婢”，中宗纵容不问。

所以，安乐公主的新宅落成，华灯初上，盛宴甫开，不但中宗与韦后亲自来贺，一干宰相公卿、词客诗人，也都应制赋诗相贺。

这一场夜宴，便是这挥霍的具体写照。

中宗的纵容与溺爱，最终结出了苦果。

《旧唐书》载，安乐公主想要让韦后临朝称帝，自己立为皇太女，于是与韦后合谋，毒死了中宗。中宗逝世后，韦后试图效仿武则天登基称帝，李隆基与太平公主发起政变，韦后被杀，安乐也被李隆基诛杀，追贬为“悖逆庶人”。李旦即位之后，下诏按二品官的礼节予以安葬。

曾经有诗人写道：“雄心和霸业如灰飞烟灭，唯有那些清丽的诗篇，一代代传唱不绝。”

千年之后，我们记得时为一介布衣的李白在桃李园中与兄弟们的家常欢宴，记得被贬为江州司马的白居易在浔阳江头送客时的船上小宴。

安乐公主曾经大权在握，曾经奢华无度。然而千年之后，对于安乐公主豪华新宅中的这场奢靡夜宴，今人记得的，也许只不过是苏颋这一句“车如流水马如龙”。

寥寥七个字，写尽人间富贵繁华。

南唐后主李煜《忆江南·多少恨》一词便借用了这一句：

多少恨，昨夜梦魂中。

还似旧时游上苑，车如流水马如龙。花月正春风。

安乐公主若幽魂有知，月夜重游故宅时，会否也是这般心境?

上官婉儿

素手称量天下士

初唐是律诗渐渐成型的时期。在这个过程中，上官婉儿与她的祖父上官仪，起到了极为关键的作用，因此近代学者谢无量评价道：“婉儿承其祖，与诸学士争务华藻，沈、宋应制之作多经婉儿评定，当时以此相慕，遂成风俗，故律诗之成，上官祖孙功尤多也。”——上官婉儿继承了她的祖父上官仪的诗文风格，讲求华丽词藻。而沈佺期、宋之问的应制诗，因为格律和谐、词语优美，每每得到上官婉儿的推举与好评，当时人因此仿效成风，故而律诗之成型，上官祖孙的功劳尤其大。

纤纤素手，却能称量天下文士，乃至于引导天下文风。

这是那个自信从容、热情开放、如日方升、四海之内生机勃勃的时代，才会出现的景象。

一如女皇武则天，也只会出现在这个时代。

上官婉儿这个名字，常常是和武则天联系在一起的。

她的祖父上官仪，是高宗朝的宰相，曾经替高宗起草废武则天皇后之位的诏书，诏书被愤怒的武皇后撕毁，上官仪则被诬陷谋反，下狱处死，家眷没入宫中为奴，上官婉儿尚在襁褓之中，也和母亲郑氏一起被没为宫奴。

不过，上官婉儿聪慧善文，被爱才的武则天重用，封为“内舍人”，朝堂上的中书舍人，是专门负责为皇帝起草诏书的官员，这“内舍人”一职，显然就是后宫之中负责为武皇后起草诏书的女官。

作为武则天的机要秘书，上官婉儿有“巾帼宰相”之名。掌管内廷与外朝的政令文告，主持风雅宴会，代朝廷品评天下诗文，文人词客，多集于门下。

唐中宗复位后，政治实力雄厚的上官婉儿被封为昭容，这是后宫中皇后与四妃之下的第三级，正二品，因此《全唐诗》中称“上官昭容”。上官婉儿在中宗朝继续专掌起草诏书之责，其母郑氏被封为沛国夫人——这也算是“母以女贵”了。

中宗被毒杀后，临淄王李隆基起兵发动唐隆政变，上官婉儿与韦后同时被杀。

政治上的最终失败，并没有影响上官婉儿的文学地位。

上官婉儿的祖父上官仪便以文才闻名，《入朝洛堤步月》一诗，意境极美而又音律和谐：“**脉脉广川流，驱马历长洲。鹊飞山月曙，蝉噪野风秋。**”

上官婉儿的良好教育主要是由她的母亲郑氏完成的，从上官婉儿本人的成就来看，郑氏必定也受过很好的教育，素养很高，让人猜测她会不会出身于荥阳郑氏，毕竟在这样的高门大族里，女性受教育的机会要比普通家庭多得多，教育条件也要好得多。

上官婉儿同样以文才闻名。不过她的诗作留世不多，其中《彩书怨》一诗历来备受好评：

叶下洞庭初，思君万里余。
露浓香被冷，月落锦屏虚。
欲奏江南曲，贪封蓟北书。
书中无别意，惟怅久离居。

开篇借用屈原《九歌·湘夫人》之语："袅袅兮秋风，洞庭波兮木叶下。"从屈原之后，秋风、洞庭、木叶，便成了诗人常爱借用的意象。南朝谢庄在《月赋》中说："洞庭始波，木叶微脱。"陆厥在《临江王节士歌》中则说："木叶下，江波连，秋月照浦云歇山。"李白亦有《临江王节士歌》："洞庭白波木叶稀，燕鸿始入吴云飞。"

秋风初起，洞庭叶落，身在洞庭湖畔的女子，遥遥思念着万里之外的丈夫。这景象萧瑟而又旷远，意境开阔而又气韵缥缈，万里江山的诗情画意，寥寥数笔，尽在眼前。

夜深了，也久久不能入眠，秋露已浓，被衾渐凉，秋月已落，锦屏内却无人相伴。

很想奏一曲江南歌，将这故乡之音，封在书信中一起寄往遥远的蓟北，书中别无他意，只有同心而离居的惆怅失落。

在这首诗中，上官婉儿假借洞庭湖畔的思妇身份，究竟要将这份思念写给谁呢？

有的说法是，这首诗是写给中宗李显的。毕竟，上官婉儿是中宗的昭容。

不过，中宗与韦皇后曾经患难与共、相依为命，感情深厚，而且韦皇后性格强硬，中宗个性优柔，常被韦皇后所制。一日宫廷内宴，有优人唱《回波词》：“**回波尔时栲栳，怕妇也是大好，外边只有裴谈，内里无过李老。**”御史大夫裴谈畏其妻如畏严父，而李老，指的就是中宗李显了。在场诸人，心照不宣，中宗本人也是一笑置之。

再者，上官婉儿又深得中宗与韦皇后信任，被授予大权。

因此，中宗朝时，上官婉儿虽然有昭容之名，但实际上，更大可能，就像武则天封她为高宗的才人一样，只是为了授予她相应的品级与身份，方便她参与朝政，而不是真的这么宽宏大量地重用与丈夫感情颇深的女子来做自己的机要秘书甚至于副手。武则天与韦皇后，可都不是能容得卧榻之侧有他人安眠的个性。

所以，这首诗未必是写给中宗李显的，就像诸多诗人吟咏闺怨，而他们自己显然并不是闺中思妇。

只是，这首《彩书怨》中的感情十分真挚浓烈，与其他诗人作为旁观者来书写的闺怨，还是有所不同。因此，也有论者认为，上官婉儿或许真的曾经有过这样一份真挚浓烈的情感，有过这样惆怅深沉的思念。

这大概就是梁羽生在《女帝奇英传》中，要设计一段上官婉儿与皇室子弟李逸的情缘的原因吧？书中的那一段情缘，曾经纯洁真诚、两心相映，但是当他们两人在政治上的分歧越来越大时，最终不得不分道扬镳，只余下这一段思念，这一首情诗。

今人华清鑾参与整理梁迷（梁羽生家园）文集《天山剑谱》时，曾作诗以记《女帝奇英传》中的上官婉儿：“闺间有奇女，意态漫清缤。执秤秤天下，怀书书汉秦。殷殷劳案牍，脉脉念离人。淡荡江湖远，谁堪道苦辛？”所谓“执秤秤天下”，典出《旧唐书》里上官婉儿的传记：“婉儿在孕时，其母梦人遗己大秤，占者曰：‘当生贵子，而秉国权衡。’既生女，闻者嗤其无效，及婉儿专秉内政，果如占者之言。”

上官婉儿出生之前，她的母亲郑氏曾经做了一个胎梦，梦见有人送她一杆大秤，她去算命人那里占卜这个胎梦的吉凶，算命人说：“这预示了你要生一个贵子，将来能够执掌一国权柄，称量天下。”结果郑氏生了一个女儿，知道这件事的人都嗤笑这胎梦的无效，女子怎么能称量天下？没想到，上官婉儿后来真的执掌大权、称量天下文士，就像那算命人说的一样。

上官婉儿称量天下文士，并不是说由她来主持进士科的考试。

武则天朝时，上官婉儿已经开始处理百司奏表，参决政务。中宗复位后，上官婉儿劝中宗多充昭文馆学士，广召当朝词学之臣，以收揽人心，又常常赐宴游乐，赋诗唱和。她是中宗、韦皇后和安乐公主共同的枪手，每次数首并作，词句优美，为时人传诵唱和。中宗又令她评定大臣应制之诗，名列第一者，常赏赐金爵，贵重无比。

初唐本来就是律诗渐渐成型的时期。在这个时代的大趋势之中，站在裁判地位的上官婉儿，她的诗文风格，必然会影响到应制诗的风格，进而影响到其他的诗人与朝臣的其他诗作，进一步推动律诗的成型。

开元初年，太平公主极力推动编纂上官婉儿的文集，玄宗同意了。最后编成文集二十卷，时任宰相的张说亲自作序，是为《唐昭容上官氏文集序》。

我们且来看看张说笔下的上官婉儿："敏识聆听，探微镜理，开卷海纳，宛若前闻，摇笔云飞，咸同宿构。古者有女史记功书过，复有女尚书决事，空阁昭宫，两朝专美，一日万机，顾问不遗，应接如响，虽汉称班媛，晋誉左嫔，文章之道不殊，辅佐之功则异。独使温柔之教，渐于生人，风雅之声，流于来叶。非夫玄黄毓粹，贞明助思，众妙扶识，群灵挟志，诞异人之宝，授兴王之瑞，其孰能臻斯懿乎？"

在张说笔下，上官婉儿聪慧机敏而又善于体察人心，博览群书，开卷即通晓，仿佛早已诵读熟记，下笔如飞，写成之后就仿佛早已提前构思成熟一般完美；古代有女史官记录功过，有女尚书参与政务，上官婉儿身兼二职，日理万机，却井井有条，虽然汉代有班婕妤，晋代有左嫔，也都以文才著称，但论起辅佐帝王参与政务的功劳来，还是远远不如上官婉儿。

张说又将上官婉儿引领文风之事，特别提了出来：她能够使《诗经》温柔敦厚的教化浸染世人，使风雅之格调文风影响后世；若非上天有灵，怎么会诞生这样的嘉才，成为我朝兴盛的祥瑞？

身为宰相的张说，对上官婉儿的这番评价，大致可以代表这一时期唐人对上官婉儿比较普遍的评价。即使是下令处死上官婉儿的玄宗本人，也同意了编纂上官昭容文集，身为宰相的张说亲自作序，并且给予上官婉儿如此之高的评价，其实也从侧面说明了玄宗本人对此评价并不持异议。

上官婉儿死后两年（712年），一个名叫吕温的才子出生了。

吕温为上官婉儿写了一首《上官昭容书楼歌》：“汉家婕妤唐昭容，工诗能赋千载同。自言才艺是天真，不服丈夫胜妇人……神仙杳何许，遗逸满人间。君不见洛阳南市卖书肆，有人买得研神记。纸上香多蠹不成，昭容题处犹分明，令人惆怅难为情。”

吕温用了很长的篇幅来描写上官婉儿的藏书楼，末了感叹，斯人已逝，藏书散佚，洛阳南市书肆中便能够买到流散出来的《研神记》，当年上官婉儿所藏之书都用香料浓浓熏染过，百年之后仍然不生蠹虫，她的题词与笔记，历历分明，读来令人格外惆怅。

曾经惊才绝艳、曾经引领风骚、曾经奋力求生的上官婉儿，芳踪杳杳，留给世人的只有这重重感叹。

还有那一首《彩书怨》，那一句“称量天下”。

杨贵妃

芳园牡丹露华浓

杨贵妃可以是说盛唐文化的一个代表性标志，她象征了那个繁华到极致的盛世，也象征着那个盛世的倾覆。时人与后人有多怀念盛唐风华的长安不夜天，有多痛心与叹息安史之乱的国破山河在，就有多热心于赞叹贵妃之美与贵妃之殇、热心于明讽暗喻她得到的无上恩宠背后所隐藏的乱政。

贵妃之美，如唐人热爱的牡丹一样浓艳热烈。

这一份张扬的美丽，在时人与后人的笔下，便衍演为杨贵妃的恃宠而骄、嫉妒成性。

杨贵妃好妒，正史有载。据《旧唐书》卷五十一记载："五载七月，贵妃以微谴送归杨铦宅。""天宝九载贵妃复忤旨，送归外第。"为何被谴出宫？《资治通鉴》载："妃以妒悍不逊，上怒，命送归。"也就是说，杨贵妃曾经因为嫉妒，顶撞玄宗，被送回到杨家，而且还不止送一次，大概是回宫之后过了一段时间又闹了一场，所以再次被送走。据说杨贵妃出宫之后，剪了自己的一缕头发送回宫中，以表相思之意，玄宗误以为贵妃要寻死——那个时代，女子剪发是一件很不寻常的事情，于是急忙连夜开了宫门，将贵妃接了回来。

对于杨贵妃的好妒，时人与后人多有发挥。白居易的《上阳白发人》中，那位“脸似芙蓉胸似玉”的美女，被选入宫后，“**未容君王得见面，已被杨妃遥侧目。妒令潜配上阳宫，一生遂向空房宿**”。宋人作《梅妃传》，将贵妃对梅妃的怨妒描摹得绘声绘色。清人作《长生殿》，又加入了贵妃对虢国夫人的妒与对唐明皇的怨。京剧经典剧目《贵妃醉酒》则将贵妃怨妒之情真浓墨重彩地勾勒了出来。

有句话说：被偏爱的人，总是有恃无恐。

贵妃的好妒，大约也来自于此？

“三千宠爱在一身”的贵妃，生长于四川，那个时代，四川是能够生长荔枝的，这是她热爱的家乡美味。于是每年荔枝季节，玄宗便动用驿使，将更为美味的岭南荔枝送来长安。用寄送军国大事急件的驿路急递来送荔枝，以满足贵妃的口腹之欲，也无怪乎会引来杜牧辛辣的讽刺：“**一骑红尘妃子笑，无人知是荔枝来。**”

贵妃的得宠，也给她的家族带来太多荣耀，“姊妹弟兄皆列土”，姊妹封国夫人，兄弟封侯，其中堂兄杨国忠更是升为宰相。这种依随于裙带的显赫权势，同样引起诗人们的不满与讥讽。杜甫《丽人行》写杨氏兄妹曲江春游的情景，在尽情铺染的富丽繁华之下，是含蓄的讽刺：“**炙手可热势绝伦，慎莫近前丞相嗔！**”

这样的不满，在安史之乱后，便演变成对“女祸”的指责：“华清恩幸古无伦，犹恐蛾眉不胜人。未免被他褒女笑，只教天子暂蒙尘。”（李商隐《华清宫》）褒女，即褒姒，那位让周幽王烽火戏诸侯、最终覆灭了西周王朝的美人。将贵妃与褒姒相比，将安史之乱与西周灭亡相比，这是非常严厉的指责了。

唐人对贵妃的指责，恐怕在很大程度上，是因为不能直接指责玄宗，于是只能绕个弯来指责贵妃。

天宝年间宫廷与皇室的骄奢淫逸，玄宗的懒政，浮华之下的暗流，均田制与府兵制的崩解，募兵制下节度使权力的膨胀……种种弊端，是那海面下的冰山，贵妃就是那冰山上顶端的光耀牡丹。大唐这艘巨轮几乎撞沉在这座冰山上，船上的人没法直接指骂自己的船长，也没有办法去解决这座庞大的冰山，于是只好去指责那标志着冰山存在的峰顶牡丹。

然而唐人其实明白，罪魁祸首并不是贵妃。

这一点从唐人给唐玄宗的谥号上也看得出来。

我们常说唐玄宗，“玄宗”其实是谥号。“玄”者，先明后暗也。这是唐人对玄宗的盖棺定论。

杜牧《过华清宫》三首，第一首还只是婉转指责驿骑送荔枝的行为，到第二首便掩不住锋芒了，直指玄宗派遣到渔阳探听军情的使者的不称职、直斥玄宗贪图享乐醉生梦死的不作为：“霓裳一曲千峰上，舞破中原始下来。”第三首又指斥玄宗对安禄山的盲目信任：“云中乱拍禄山

舞，风过重峦下笑声。”

在传诵最广、童子解吟的《长恨歌》里，我们可以看到白居易对杨贵妃深切的同情与由衷的赞美，即便感慨她给杨家带来的权势，指责的矛头其实也并没有对准她自身，而是隐隐直指赋予杨家权势的人。

对于贵妃之死的哀惋与同情，《长恨歌》里借玄宗的思念与悔痛来表达。

据《旧唐书》载，玄宗后来从四川重返长安，经过马嵬坡时，密令改葬贵妃，挖开旧冢时，发现当初埋葬贵妃时用于裹尸的紫色褥子以及尸体都已经腐烂，只有香囊还好好的。唐人张祜为此又写了一首《贵妃香囊子》：“**蹙金妃子小花囊，销耗胸前结旧香。谁为君王重解得，一生遗恨系心肠。**”

白居易与张祜感慨的是贵妃之死带给玄宗的一生遗恨，又何尝不是在感慨，贵妃之死，标志了盛唐的衰落，也带给了唐人一生绵绵长恨？

唐人对杨贵妃的感情，其实很复杂。

她是天宝年间大唐盛世的象征，也是安史之乱大唐衰落的象征。

所以，在明讽暗喻贵妃背后隐藏的乱政之外，在哀叹贵妃之死与盛世之殇之外，唐人又极力描绘贵妃之美，就仿佛是在描绘和追忆那个盛世之美。

在唐人笔下，贵妃不仅美丽，而且聪明机智，才华横溢，《霓裳羽衣舞》便是由她领舞；善琵琶，常与玄宗等人合奏；唐人笔记《开天传信记》

中又说："太真妃最善于击磬，拊搏之音泠泠然。新声虽太常梨园之能人，莫加也。"

她是那个时代最顶级的艺术家。

我们今天已经不能见到她的画像，更不能见到她的舞姿与乐技，不过《全唐诗》中还收录了她的一首《赠张云容舞》：

罗袖动香香不已，红蕖袅袅秋烟里。

轻云岭上乍摇风，嫩柳池边初拂水。

张云容何许人？诗家注解，只说是梨园舞伎。贵妃这首诗，将她描绘得如出水芙蓉一般清新又艳丽，舞姿飘逸、身姿轻盈，仿佛山岭上随风轻摇的淡淡云彩、太液池畔悠悠拂过水面的嫩绿柳条。

这首诗里，是对美的由衷欣赏。

佛印对苏东坡说：我心中有佛，故见你是佛。

贵妃心中有美，故见张云容舞，只见其美。

然而，这样的美丽，便如天宝年间的大唐一样，转瞬间红到尽处将成灰。

美与殇，在诗人笔下，便成就了一幅极其矛盾又惊心动魄的牡丹清露图。

在贵妃生前，李白有《清平调词》三首，极写贵妃之美：“云想衣裳花想容，春风拂槛露华浓”，她是名园芳榭之中的盛唐牡丹，也是牡丹花瓣上的清露，美丽到极处又脆弱到极处。

在贵妃身后，白居易有《长恨歌》一篇，极写贵妃生前荣华身后长恨，也极写贵妃的美丽与脆弱：“回眸一笑百媚生，六宫粉黛无颜色”，是光华潋滟、张扬飞舞之美；“宛转蛾眉马前死”“梨花一枝春带雨”，是身不由己、楚楚动人的脆弱。

芳园牡丹，花瓣清露，极致的美与极致的脆弱，让时人与后人，永不能忘，世世吟诵。

深宫幽怨

流水红叶到人间

九重宫阙之中，有女帝，有后妃，有公主，有女官，但更多的还是寂寂无闻的宫人。

成千上万的宫人，闭锁深宫，不能享受正常的感情与家庭生活，哀怨之情，日积月累。

杜牧写阿房宫中的宫人之幽怨，则曰：“缦立远视，而望幸焉。有不见者，三十六年。”唐宫之中，同样如是，白居易在《上阳白发人》中云：“绿衣监使守宫门，一闭上阳多少春。玄宗末岁初选入，入时十六今六十。”青春年少时入宫，然而，日久年深，同伴凋零殆尽，如今已是白发苍苍，却终生未曾见过君王一面。而即使是曾经得到过恩宠的宫人，这恩宠也不过是昙花一现，抵不过漫漫长夜的无尽消磨。

这样的孤寂凄清之中，宫人的幽怨，便不能不形诸于辞色。

春花秋叶，由此都成了她们寄托幽怨之物。

《全唐诗》卷 797 收录了数首宫人怨诗，其中题叶诗共计 4 首，最早的两首，出自天宝宫人之手。

天宝是唐玄宗后期年号。天宝年间，大唐已经达到了繁华顶端，玄宗日益懒政，耽于游乐，据说这一时期宫女多达四万余人，幽居宫中的宫人众多，于是有了这首《题洛苑梧叶上》：

旧宠悲秋扇，新恩寄早春。
聊题一片叶，将寄接流人。

“秋扇”的典故，来自于汉成帝班婕妤，就是班固、班超和班昭的祖姑姑。她以才貌出众而入宫，贤德守礼，深得太后赞赏，也一度深得汉成帝宠爱，但是汉成帝终究不是班婕妤所期望的明君，赵飞燕、赵合德姐妹入宫之后，汉成帝更是耽于享乐，许皇后因巫蛊案被废，班婕妤也被诬告行巫蛊之事，她据理力争，全身而退后，自请往长信宫去侍奉太后，从此终老于长信宫。班婕妤自怜年华老去，恩宠不再，有如那团扇，当秋风起时，便被弃置，于是作《团扇歌》，又名《怨歌行》：

新裂齐纨素，皎洁如霜雪。
裁为合欢扇，团团似明月。
出入君怀袖，动摇微风发。
常恐秋节至，凉飙夺炎热。
弃捐箧笥中，恩情中道绝。

齐国在战国时是纺织业中心，时人称“冠带衣履天下”。齐纨，指齐地出产的白细绢，后来用来泛指名贵丝织品，故唐人有诗云：“**齐纨未足时人贵，一曲菱歌抵万金。**”（张籍《酬朱庆馀》）齐纨裁成的皎如明月的团扇，足见其洁白优美与贵重，在这炎热时节，常常被执扇人珍重地握在怀袖之中。但是一旦凉秋到来，曾经这样珍爱的团扇，便要弃置到箱笼之中，不复往日恩爱。一念及此，怎么不让人幽怨之情难以自抑？

自班婕妤这首《团扇歌》以来，“秋扇”便成了宫怨诗中一个永恒的主题。

在这首天宝宫人的题叶诗中，曾经得到恩宠的自己，便如那秋扇一样，早已被君王弃置脑后。新春到来，新近承宠的宫人如明媚鲜花，哪里还有自己这失宠宫人的立足之地？在这令人倍生幽怨与惆怅的明媚春光之中，自己只能题诗于叶上，希望高高宫墙外的“接流人”能够读到自己的心情——这是将宫外不知名也不知道是否存在的读诗人，当成她倾诉情感的“树洞”了？

据《云溪友议》《本事诗》等唐人笔记的记载，天宝宫人的第一首题叶诗，随御沟水流出，被人捡到后传播开来，诗人顾况还曾和诗一首：**“花落深宫莺亦悲，上阳宫女断肠时。君恩不闭东流水，叶上题诗寄与谁？”**

这样看来，这题叶诗，应该是出自上阳宫的宫人之手。

上阳宫，位于东都洛阳西北侧的洛水高岸，建筑面积远超过长安城外的大明宫，建成之初便曾因太过华丽而被时人指责过，此后长期为帝王居处，武则天便终老于此。

开元年间，唐玄宗经常在上阳宫处理朝政和举行宴会。天宝年间，玄宗懒于处理朝政，上阳宫渐渐衰落。安史之乱时，上阳宫被破坏严重，加之唐朝政治中心迁回长安，东都洛阳地位下降，上阳宫也日益荒废。

天宝年间的上阳宫，已经开始荒凉了。闭锁宫中的宫人，寂寞幽怨无处排遣，于是只好寄托于那能够流出宫墙的落叶之上。

第一首题叶诗被宫外的人捡到后，十几天后，又一首诗题于梧桐叶上，随波流出：

一叶题诗出禁城，谁人酬和独含情。
自嗟不及波中叶，荡漾乘春取次行。

唐代诗歌的传播，多由人传唱，常常是不胫而走。高高宫墙，也锁不住墙里墙外的歌声。也许顾况唱和的那首诗，就这样传入了上阳宫中。所以曾经写下第一首题叶诗的宫人，心绪翻涌，情不自禁，于是又写了第二首诗。

是谁在禁城外，饱含同情之心，与我唱和？——“**谁人**”一词，可能是因为传唱中不知诗人姓名，也可能是不便指名道姓来表示谢意？

望着那一片梧叶随着水流离开深宫，恨不能身化诗叶，随春光流水而去。

这样直白的怨言与倾诉，较之第一首题叶诗，情感显然浓烈得多，带有一种爆发的力量。

这是长久压抑之后突然见到一点光明的爆发。

然而爆发之后，再无下文。

没有人知道，这位宫人后来的命运究竟如何。

第三首题叶诗，出自唐德宗宫人之手：

一入深宫里，无由得见春。
题诗花叶上，寄与接流人。

或许是因为入宫前曾经听说过这两首题叶诗？或许是因为宫中代代相传着这两首题叶诗的故事？又或者只是因为同样的处境，同样的春光，同样的梧叶，同样的心情？德宗宫人的这首题叶诗，显然与天宝宫人的两首题叶诗，如出一辙。唯一的不同，大概只在于，天宝宫人尚有“旧宠”，德宗宫人却“**一入深宫里，无由得见春**”。

这样直抒胸臆的倾诉，自有其坦率之美，很是符合世人对唐代女性的印象与想象。

在秋扇之后，抒写宫怨的题材，又多了一张诗叶。

而宣宗宫人的《题红叶》，风格却又大不相同：

流水何太急，深宫尽日闲。

殷勤谢红叶，好去到人间。

“**流水何太急，深宫尽日闲**”，以水流之急来反衬深宫之闲，以“闲”来含蓄地表达深宫中的寂寥，当寂寥时，时光分外漫长，日影那一格格的移动缓慢得令人难以察觉，日落仿佛遥遥无期，恍惚之间，一日似乎长于百年。

这样漫长的寂寥，在宫人静默的忍耐中，悄然流逝。

她也如同前人一样，羡慕红叶能够随御沟流水出宫而去，“**殷勤谢红叶**”中的“殷勤”一词，是隐忍中遮掩不住的一点向往之心。墨笔题写在红叶上的诗，比之春日里的绿叶题诗，又是另一番含而不露的萧瑟又浓烈的美。

“**好去到人间**”，珍重相送之语，深含的是那殷殷相望的欣羡。

而“**深宫尽日闲**”“**好去到人间**”二句，间接描述的深宫景象，隐约又借用了那静谧缥缈、遥不可及的仙宫意象：仙家无事日月长，天上人间遥相望。

这样含蓄委婉的幽怨，这样绮丽如梦境的背景，仿佛仙宫中一曲微含幽怨的轻歌，那一丝幽怨，在听者心中萦绕，若隐若现，却又徘徊不去。

含蓄婉转之美与热烈坦诚之美，各有千秋。不过就这几首题叶诗而言，宣宗宫人的红叶诗，比之她的前辈们，似乎又更能缠绕人心、深潜不去。

唐人笔记《云溪友议》之中，记下了这位宣宗宫人的最后结局：宣宗时诗人卢渥到长安应举，偶然来到御沟旁，捡到了这一片题诗的红叶，珍藏在箱内；后来他娶了一位被遣出宫的姓韩的宫女，韩氏见到箱中的红叶时，惊讶地发现这正是自己题写的，不由得感慨他们前缘已定。

这是一个美好的结局。如果是真，或许是缘于记录者对这位题诗宫人的真切关注，所以才能记下故事的后续；如果是假，或许是缘于记录者对她的真诚祝愿，希望她能够得到这样一个美满的结局。

这样的关注与祝愿，是否因为，那一首流水红叶的婉转轻歌，一经入耳，便在听者心中萦绕不去？

千年过去，大明宫只余废墟的残迹，长安城亦非昔日面貌。

然而翻开《全唐诗》，我们仍然能够感触到千年前重重宫阙中那一个个鲜活灵魂的喜怒哀乐与深情幽意。

婚恋篇

秾李夭桃恋春风，
翠竹寒松隐山中

青梅竹马

两小无猜期白头

自礼教逐渐确立以来，中国传统婚姻，向来讲究“父母之命，媒妁之言”，看起来似乎并没有自由恋爱的余地。不过事实上，在这个大规则之下，又常有“法理不外人情”一说。更何况人的感情，本来也不是种种规则教条能够完全约束的。唐代比较自由开放的社会风气，又给予了那个时代的人们更多的情感空间。

所以，唐代女性的婚恋，便有了多姿多彩的面貌。

李白的《长干行》，写了一个青梅竹马两小无猜的婚恋故事：

妾发初覆额，折花门前剧。
郎骑竹马来，绕床弄青梅。
同居长干里，两小无嫌猜。
十四为君妇，羞颜未尝开。
低头向暗壁，千唤不一回。
十五始展眉，愿同尘与灰。

常存抱柱信，岂上望夫台

……

“妾发初覆额”，意思是女童的头发刚刚覆上额头，表明女童年纪还很小。

“折花门前剧”，“剧”，在这里用作动词，是嬉戏玩乐的意思。此句的意思是：幼小的女童，折了花枝在自家门前嬉戏。

“郎骑竹马来”一句，年长的读者或许能够很直观地理解什么是“竹马”，其实就是折一根竹枝或者是竹竿当马骑。直到20世纪70—80年代，在许多地方，尤其是有竹林的南方，男孩游戏里常常也少不了一条竹马。

“绕床弄青梅”，梅子尚青，并不能入口，两小无猜的孩童，于是折了青梅来互相抛掷嬉闹。

女童手中的青梅是天真无邪的玩具，到了少女手中，便隐隐寄托了那青涩幽香的女儿心思了。韩偓有《偶见》一诗云：**“秋千打困解罗裙，指点醍醐索一尊。见客入来和笑走，手搓梅子映中门。”**——少女荡秋千荡得累了，从秋千上下来，解开荡秋千时打结系起的罗裙，喝了一杯酒解渴（唐代的酒大多度数很低，所以被当成日常饮料来喝），望见客人来了，少女笑着跑入内院，却在中门处好奇地回头张望，手里还转动着一枝青梅。

李清照有《点绛唇》一词：

蹴罢秋千，起来慵整纤纤手。
露浓花瘦，薄汗轻衣透。
见客入来，袜刬金钗溜。
和羞走，倚门回首，却把青梅嗅。

显然脱胎于韩偓诗，却刻画得更为细腻清新、绮丽动人，令人不能不联想到《长干行》中那个初出嫁时“低头向暗壁，千唤不一回”的害羞的小青梅。

“绕床弄青梅”中所绕的“床”，显然不是今人熟悉的卧室里的睡床，而是摆在户外的某种坐卧器具。

有的解释说，这里的“床”是指井栏。

不过一般还是将“绕床弄青梅”里的“床”，解释为胡床。

汉末传入中原的便携式坐具，也就是胡床，到了唐代，已经很常见了，在唐诗中常有出现。

唐诗中出现的“床”，是指坐卧之榻，还是指卧室内的睡床，或者是指轻便的胡床，要看它出现在什么场景。

“绕床弄青梅”里所绕的“床”，显然不是卧房里的睡床，而是摆放在门前的胡床。

而且这胡床，个头还不能太小，不然就容不得两个孩童绕着嬉戏了——幼儿奔跑起来，其实速度很快、活动半径很大。所以就不应该是

“又”字形的小马扎，至少也应该是带扶手的交椅式胡床，或者是可以容得两人并坐的长方形的折叠凳(这种形制的胡床在资料中也可以看到)。

当然，有鉴于“长干里”这个地名，不免让人猜想，摆在门前的“床”，有没有可能是竹床？

在长江中下游潮湿炎热的沿江地带，很多地方的居民家中都有竹床。一二十年前，在空调没有普及的年月里，每到夏夜，武汉三镇街巷中的竹床阵，蔚为大观。

梅子初青、天气不那么炎热的春末夏初季节，这张竹床，也许仍然摆在门前，供家人坐卧谈笑——普通人的娱乐休憩大幅转向室内，是在电视普及之后，手机普及后这个速度又大大加快了，在此之前漫长的年月里，人们总是要走出房门去休憩娱乐。

如果是用来睡卧的竹床的话，两个孩童绕床而跑，其实更合理一些。

“**妾发初覆额，折花门前剧。郎骑竹马来，绕床弄青梅。**”小女孩在自家门前把玩手里的花枝，花枝上或许就带着初生的小小青梅？小男孩骑着竹马来到女孩家的门前，抢了她手里的青梅花枝就跑，女孩当然要追上去拿回来。抢走青梅花枝的男孩，并没有跑远，而是引着女孩绕着门前的床奔跑，一边跑一边将一枝青梅你抛我接、我掷你接。

这样邻里间孩童的嬉戏，在旧时的中国，是很常见的日常生活情景。

因其常见，就分外温馨，滋味平淡而悠长。

“**同居长干里，两小无嫌猜。**”一同住在长干里的青梅竹马，一起长大，两心如一，是为两小无猜。

能够让家里的孩子常常在一处嬉游，这两个家庭想必也是关系融洽。或者说，正因为两家的关系很好，才会让孩子常在一处玩乐。这是互为因果。

正因为此，缔结婚姻、从邻居成为儿女亲家，就是顺理成章的事情了。

古代中国多有表兄妹、表姐弟结婚，除了家庭亲密的原因，恐怕也因为，表兄妹、表姐弟常有青梅竹马两小无猜的成长经历，感情上更为融洽。这在缺少自由恋爱机会的时代，已经是难得的相互了解的机缘了。

清人沈复在《浮生六记》中记自己与妻子陈芸的相识相爱时说，陈芸是他舅舅的女儿，他十三岁时在舅舅家里见到了表姐陈芸，“两小无嫌”。爱慕陈芸的才华性情，告诉自己的母亲，非陈芸不娶，母亲也喜欢陈芸的性格，于是给他们定下了婚事。

须知道，相爱容易相处难。对夫妻两人如此，对两个家庭也是如此。

有了这样知根知底、感情融洽的背景铺垫，这样的婚姻，不知省了多少磨合工夫。

今日尚且如此，何况是尤其重视亲友关系的传统中国？

所以，《长干行》里的小青梅，在与小竹马两小无猜的童年之后，便是“十四为君妇”。

唐太宗贞观元年（627年）将法定婚龄定为男二十岁、女十五岁，玄宗开元二十二年（734年），又降低到男十五岁、女十三岁。李商隐有诗句云：“**溧阳公主年十四，清明暖后同墙看。**”意即溧阳公主十四岁就已经和夫君一起外出游玩了。李商隐又有诗云：“**十四藏六亲，悬知犹未嫁。十五泣春风，背面秋千下。**”诗中这个少女，十四岁未曾定亲，心里开始焦灼，十五岁还未出嫁，就暗自伤心了。李商隐的无题诗虽然总是别有用意，但这些诗句，客观上还是说明了唐人比较认可法定婚龄。

以今人的眼光来看，这个婚龄实在是太年轻了，不过考虑到当时人的平均寿命，以及政府对人头税的看重，还是有其现实依据的。

所以，小青梅在十四岁时便出嫁了。

十四岁的小青梅还没能适应身份的转变，初出嫁时，“**羞颜未尝开**”，新嫁娘的害羞与矜持，使得她“**低头向暗壁，千唤不一回。**”不过，有多年青梅竹马的感情在，当适应了新身份之后，小夫妻的生活便渐入佳境，“**十五始展眉，愿同尘与灰。常存抱柱信，岂上望夫台。**”

“**愿同尘与灰**”，实际上就是在说愿意同生共死，到了地下也永远相伴，一起化为尘灰。

抱柱，典出《庄子·盗跖》：“**尾生与女子期于梁下，女子不来，水至不去，抱梁柱而死。**”那个名叫尾生的年轻人，与爱恋的女子约好在桥下会面，河中涨水，女子迟迟未来，尾生不肯失约，宁可抱着桥下的梁柱而死。后人以“尾生抱柱”来形容誓死守约。

这是小竹马对妻子的誓言：我宁死也不会辜负你，一定会守住和你的约定。

望夫台与望夫石，是各地都有的传说，比较古老的望夫石传说来自于大禹的妻子涂山氏。大禹治水，四处奔波，十年间三过家门而不入，涂山氏生下儿子启后，常登山望夫，朝思暮想，最终化成了一尊望夫石。

望夫台是小青梅对丈夫的誓言：我对你的情意，永远也不会变，如果你离开家远行，我一定会常常登台远望，盼你归来。

从“望夫台”一词，《长干行》一诗，很自然地转入了小竹马的远行与小青梅的思念：

十六君远行，瞿塘滟滪堆。
五月不可触，猿声天上哀。
门前迟行迹，一一生绿苔。
苔深不能扫，落叶秋风早。
八月蝴蝶来，双飞西园草。
感此伤妾心，坐愁红颜老。
早晚下三巴，预将书报家。
相迎不道远，直至长风沙。

小竹马为什么要远行？

李白《长干行》其实有两首，这是第一首，第二首写的也是长干女子对远行丈夫的思念与担忧，她的丈夫远去巴陵（今湖南岳阳一带），她在家中碰上“**昨夜狂风度，吹折江头树**”，担忧着远行的丈夫会不会也在水上遇到这样的大风，“**那作商人妇，愁水复愁风。**”

应该来说，来往于江上的长干人，多半是在行船经商。

俗话说：欺山莫欺水。水上风波多，八百里洞庭白浪滔天，峡江则水急滩险，瞿塘峡峡口的滟滪堆，农历五月涨水没礁，船只很容易触到水面下的暗礁而翻沉。三峡两岸的哀哀猿啼，仿佛是在为峡江上那些出生入死的船上人而焦虑与伤心。

在没有铁路的时代，浩浩长江是最便利、最重要的航道与商道，连通着半个中国，所经之处，大多是富庶繁华之地。

小竹马走的便是从南京到四川的这一段水路。

感情越深，留在家中的妻子，对远行丈夫的担忧与思念也越深。

所以小青梅叮嘱小竹马：要是你从三巴（即巴郡、巴东、巴西，在今四川东部地区）回来了，一定要提前写信给我，我要到长风沙去迎接你。

长风沙，是安徽安庆的一个古地名，在长江边上。

“**相迎不道远，直至长风沙。**”

当年的小青梅，已经成长为一个深情而坚韧的妻子。

在《长干行》里，这个青梅竹马两小无猜的爱情故事，并没有一见钟情的浪漫，在通往婚姻的道路上也没有什么曲折起伏的惊心动魄，一切都是那么顺理成章。婚后的分离与思念，也更多只是生活的常态，而不是戏剧化的生离死别。

然而这样的平常爱情故事，又何尝不是芸芸大众的故事？

一见钟情

人面桃花相映红

唐代社会风气相对于唐以后的宋明清时期，是比较开放的，年轻人有更多自由见面的机会，也有更多自由恋爱的机会；不过另一方面，那个时代，相比于我们今天，到底还是有种种限制，所以自由的机会也往往有限。

这大概就是“一见钟情”的故事之所以会发生的背景——可以相见，却不能长久相处，也无法多多了解然后再相恋，所以只能凭着匆匆一面、寥寥数语，便要决断自己的心意。

“人面桃花相映红”，便是一段非常典型的“一见钟情”的因缘。

“人面桃花”，只看这四个字，便已是一个浪漫唯美的故事。

唐人笔记《本事诗》里记载了这个故事。

最先出场的是男主角：“博陵崔护，姿质甚美，而孤洁寡合。举进士下第。清明日，独游都城南，得居人庄，一亩之宫，而花木丛萃，寂若无人。”

开篇便说是“博陵崔护”。也就是说，崔护出身于唐代顶级门阀“五姓七望”之中的博陵崔氏。

博陵崔氏是一个庞大的家族，比起平民阶层来，世家门阀子弟，哪怕是小宗分支的子弟，也天然便占据着良好得多的文化教育资源，比如：经济基础、图书典籍、师长教诲、礼仪制度、朝廷典故，等等。

崔护到长安城去考进士，只这一点，便足以说明，崔护这位博陵崔氏子弟，诗书读得不错，底气挺足。至于没考中，很正常。唐人说：五十老明经，三十少进士。进士科有名的难考，三十岁能考中进士，都算是十分年轻了。因此孟郊考中进士后欣喜若狂，作诗云：“**春风得意马蹄疾，一日看尽长安花。**”

《本事诗》里形容崔护“资质甚美”，不仅有外貌之美，必然也有腹中诗书、礼仪教养造就的气质风度之美，如苏轼所说：“**腹有诗书气自华。**”

至于崔护其人的性格，则“孤洁寡合”。也就是说，崔护个性清高，落落寡合。

也正因为此，清明日举城踏青游春之时，他才会独自寻芳，而且走的也不是人烟辐辏的热闹之处，于是才慢慢走到了那个花木丛生、寂静幽清的小小田庄之外。

花了这么多笔墨来分析男主角，也是因为，男主角足够出色，才能衬得起女主的眼光，衬得起这个一见钟情的唯美故事。

接下来便是女主角出场了：“**扣门久之，有女子自门隙窥之，问曰：‘谁耶？’以姓字对，曰：‘寻春独行，酒渴求饮。’**”

崔护为什么“扣门久之”？

也许是因为爱惜这一庄花木，有心想结识庄中主人，于是耐心敲门，期望主人未曾出去踏青，可以出来迎接。

只闻其声不见其人的女主角出来了，隔着门缝悄悄窥视敲门人。

前面说过，崔护其人，“资质甚美”，而且“孤洁寡合”。这样美妙的春光里，一个风度翩翩、孤高清雅的青年男子，独自站在门外，足以让门内的少女，心旌摇曳。

她小心地探问：“是谁呀？”

崔护报了自己的姓名——按照古人的惯例，应该还会报一报郡望？

他说自己是“**寻春独行，酒渴求饮**”。说“酒渴”，并不是真的想喝酒，因为后来那少女并没有解释说家中无酒，便直接给他端了一杯水过来。所以，“**酒渴求饮**”，大概只是一种委婉的说法：口渴了，想讨点水喝。就像是要上厕所了，委婉地表示要去更衣一样。

独自在家的少女，必定受过嘱咐，不要放陌生人进门。即使在民风淳朴、治安良好的都城郊外，这点警觉性应该还是有的。而且，就当时虽然不甚严格、毕竟还是普遍存在的男女之防来说，其实也应该避一避瓜田李下之嫌。

但是，“**女入，以杯水至，开门设床命坐**”——少女请崔护稍候，她先进去端了一杯水出来，摆好一张胡床，然后开门请崔护入座。

崔护的气质神情、仪表风度，在这个时候，必然是起了非常关键的作用的。

歌德《少年维特之烦恼》的某版译本里有这么一句诗：“**哪个少女不怀春，哪个少男不钟情？**”

于是，春光大好的时节，门内的妙龄少女，窥见叩门的翩翩郎君，忍不住开门请入。

崔护坐下来喝水，她“**独倚小桃斜柯伫立，而意属殊厚，妖姿媚态，绰有余妍。**”庭中有一株小桃树，时值清明，正是桃花盛开时，少女倚着桃树的斜枝，半遮半掩，悄然伫立，默默注视着崔护。若有深情，人面桃花相映，娇妍明媚，嫣然多姿。

“孤洁寡合”、独自踏青的崔护，当此之时，也情不自禁地“**以言挑之**”——忍不住就出言搭讪甚至于挑逗。

少女“**不对，目注者久之**”——她不肯接崔护的挑逗之言，但是又目不转睛地看着崔护，柔情脉脉，尽在不言中。

什么是“一见钟情”？

这就是了。

人面桃花相映红，少女脸上的绯红，不仅仅是桃花的映照，也是她心境的映照，更是崔护眼中心中的春光映照。

少女不肯说话，崔护喝了水也不便久留，毕竟庭中只有他们二人。

于是“崔辞去，送至门，如不胜情而入。”

崔护告辞，少女没有出言挽留，而是送他出门。

崔护恋恋不舍地回头张望，只看见少女惆怅失落地进门去了，仿佛不能承受她心中涌上来的情意。

当此之时，隐约可以看到，明媚春光中的这一对青年男女，站在危险的边缘若即若离地相互试探，心驰神往，而脚下却仍旧固执地站定不动。

深情已生，却又用理智将这深情牢牢缚住。

因为这一点理智，崔护虽然“亦眷盼而归”——怀着思恋之情回到长安城中，但是“尔后绝不复至”，再没有回头去寻访那个少女。

在讲究“父母之命、媒妁之言”的年代，崔护和那个少女，自觉或不自觉，都在遵守这个时代的规则。

而且，崔护的出身与志向，又使他在婚姻上恐怕多少还是要考虑到门第因素的。

只是，“及来岁清明日，忽思之，情不可抑，径往寻之。”又是一年清明节，风景依稀似去年，触景而生情，再无法抑制下去，崔护径直前往都城南庄寻访去年的那位花下少女。

《牡丹亭》里说：情不知所起，一往而深。

初相逢时，只道是寻常，只道是惊鸿一瞥、浮光掠影不萦于心上。

却不知何时，情意已深入心间。

崔护此人的性格，用我们今天的话来说，大概比较内敛？孤洁清高的外表下，其实潜藏着奔涌的热情？当这热情再无法压制时，便会熊熊燃烧起来。

满怀期待的崔护来到了去年的那个庄院，“门墙如故，而已锁扃之”。

徘徊在门前的崔护，只能惆怅不已地在左边门扇上留下了一首诗：

去年今日此门中，人面桃花相映红。
人面不知何处去，桃花依旧笑春风。

从后文来看，他还在诗后留下了自己的名字，所以少女的父亲才会直接问他是否就是崔护。

墙里桃花依旧，花下人如今却在何处？

这首既含蓄又热情的诗，将无限惆怅、一腔深情，寄托于独自笑春风的艳艳桃花之上。

几天后，崔护“偶至都城南，复往寻之”——到底是有心还是顺路，值得商榷。

这一次，他听到院子里有哭声，不免惊恐慌张，“扣门问之，有老父出曰：‘君非崔护耶？’曰：‘是也。’又哭曰：‘君杀吾女。’护惊起，莫知所答。”

这一刻，崔护的内心想必是崩溃的，以至于惊起之后不知道如何对答。

那位父亲解释道：“吾女笄年知书，未适人，自去年以来，常恍惚若有所失。比日与之出，及归，见左扉有字，读之，入门而病，遂绝食数日而死。吾老矣，唯此一女，所以不嫁者，将求君子，以托吾身，今不幸而殒，得非君杀之耶？”

他的女儿已经是及笄之年，知书达礼，还没有许配人家。从去年以来，经常心神恍惚，若有所失。今年清明节那天和他一起出去，回来后看到门上的字，读完之后，一进家门就生病了，绝食数日而死。他年纪已老，只有这一个女儿，之所以迟迟不嫁，是为了寻到一个可以靠得住的人。如今女儿不幸身死，难道不是因为你的缘故吗？

这段话的信息量很大。

首先，我们知道了，这位花下少女是读书识字的，而且读得懂诗中的真情深意。

在那个时代，能够读书识字的女子，是很少见的，基本上应该是出身于士人家庭，家中父母兄长比较开明，愿意让她读书，或者是教她读书。

不过从家中只有父女二人来看，少女的家境不算太好，大约是清贫士人——当然，这个“清贫”，是相对于家境优裕的士人而言。

少女的父亲，年纪很老了，只有她这一个女儿。老父孤女，相依为命，这一点对于全文的推进与结局，其实很关键，这一点容后再述。

其次，这位花下少女，不像崔护那样能够在很长时间里都冷静理智地克制着自己的情感。当日能够默然面对崔护的挑逗、一言不发，崔护告辞离去时也不曾出言挽留，大约已经用尽了她的冷静与自制。所以，当不再面对崔护时，她才会不可自抑地恍惚失落。

这样的恍惚失落，也许会随着时间的流逝，慢慢抚平；也或许会因为年深日久，越发深重。

再次，去年清明节，老父亲留了女儿一人在家，今年清明节为什么带着她一起出门去了？是不是女儿的恍惚失态，老父亲一直看在眼里，所以才会带她出门，或许想让她在春光中散散心，不再让她一个人留在家中？

然后，门上的诗，让少女知道了，原来不是她一个人在默默思念。

但是她却错失了这番重逢。

流年似水，芳华易逝，世事多变，人心难测，也许写诗的人，因为这失望，再也不会回来？又或者是很快便会放下这份深情？

恋爱中的人，总是容易卑微，容易质疑自己在对方心中的分量，患得患失。

这一次错过，让不堪重负的少女，终于倒下，“入门而病，遂绝食数日而死。”

这也是长久压抑之后的爆发。

老父亲的哭诉，让我们猜到，少女先前的矜持自制，似乎可以有另一种解释：她与老父相依为命，娶她为妻的人需要和她一起奉养老父，这在婚姻常态是女子一出嫁就被视为夫家之人的时代，恐怕不容易被男方接受；所以她即使对崔护心生情意，也顾虑重重，不肯向前多走一步。

而正因为老父孤女相依为命，失去女儿的老父亲才会在悲愤之中对崔护控诉：你杀了我的女儿！

这样的迁怒与控诉，是失去至亲至爱后的人之常情。

控诉之后，老父亲“**又持崔大哭。崔亦感恸，请入哭之。**”

崔护这个时候才回过神来，伤心哀恸，请求进去哭吊死去的少女。

少女刚刚死去，面容如生，仿佛就像是躺在床上睡着了一样：“**尚俨然在床。**”

崔护在床上坐了下来，“**崔举其首，枕其股，哭而祝曰：‘某在斯，某在斯。’**”

他知道少女为什么会伤心绝望而死，因为少女以为他再也不会回来。

所以崔护才会说：“我在这里，我在这里！”他已经回来了，并没有一去不复返。

佛家说，人生有七大苦：生、老、病、死、怨憎会、爱别离、求不得。

当此之时，共有几苦？

在崔护的痛哭之中，枕在他膝上的少女，“**须臾开目**”——不一会儿，睁开了眼睛。

故事里没有写此时此刻崔护与老父的反应，料来应是惊喜交加又战战兢兢，唯恐这一线生机飘摇如丝、岌岌可危，因此只能屏息静待，不敢稍有举措，以免吹灭了这微微烛光。

少女到底还是缓缓地回过气来，“**半日复活矣。**”

对于这种情形，科学的解释是，少女本来就是假死状态，还能够感受到外界的动静。心病还须心药医，于是，当这一剂医心良药终于服下时，少女便从假死状态慢慢清醒过来了。

文学的解释是：因情而死者，因情而生。便如《牡丹亭》中的杜丽娘，被闭锁深闺之中，春日游园，与岭南书生柳梦梅梦中幽会，醒后思念成疾，香消玉殒；后来又在柳梦梅、石道姑、胡判官、牡丹仙子等人与神的帮助下，还魂复生，并与柳生历经重重磨难终成眷属。

当少女死而复生后，“**父大喜，遂以女归之。**”

欣喜若狂的老父亲，再也顾不上责怪崔护了，而是将女儿许配给了他——“归”，古时以女子嫁人为“归”，意思是：丈夫是她的归宿。

全文至此，戛然而止。

这个一见钟情的故事，画上了一个圆满的句号。

崔护的生平，史有明载。他生于772年，二十四岁时考中进士，可谓少年得志，这个人面桃花的故事，便是在他考中进士之前发生的。829年为京兆尹，同年为御史大夫、广南节度使，可谓人生得意。崔护殁于846年，寿至七十四岁，可谓长寿善终。

史书中与唐人笔记中都没有写，那位花下少女，在嫁给他之后，是不是一直相伴到老，是不是与他一同享有这岁月静好、平安如意的人生。

不过，没有故事，很多时候，就是最好的故事。

金庸曾经说，他认为最理想的爱情是：一见钟情、从一而终、白头偕老。

人面桃花相映红，有着唯美浪漫的一见钟情的开头。

我们祝愿一见钟情者都能有从一而终、白头偕老的结局。

墙头马上
井底银瓶摧心肝

前面我们讲了一个美好浪漫的“一见钟情”的故事。

这样的浪漫，从古至今，对于年轻男女，都有着莫大的吸引力。想一想宝黛初见时，“天上掉下个林妹妹”的惊喜，“眼前分明外来客，心底却似旧时友”的心有灵犀，这一段经典唱词，今人听来，往往也是不自禁的面露微笑、心驰神往。

然而，并不是每一个“一见钟情”的开头，都能有“从一而终、白头偕老”的结局。

在女性普遍缺乏独立经济地位、社会地位的时代，尤其如此。

且看白居易笔下，墙头马上一见钟情，却始乱终弃的这个故事。

白居易《井底引银瓶》一诗，有一个副标题：“止淫奔也。”看起来这首诗的主题是抨击私奔行为，维护父母之命、媒妁之言的婚姻。

不过，白居易究竟为什么写这首诗？真的只是为了批判私奔？

且来看看全诗：

井底引银瓶，银瓶欲上丝绳绝。
石上磨玉簪，玉簪欲成中央折。
瓶沉簪折知奈何？似妾今朝与君别。
忆昔在家为女时，人言举动有殊姿。

婵娟两鬓秋蝉翼，宛转双蛾远山色。
笑随戏伴后园中，此时与君未相识。
妾弄青梅凭短墙，君骑白马傍垂杨。
墙头马上遥相顾，一见知君即断肠。

知君断肠共君语，君指南山松柏树。
感君松柏化为心，暗合双鬟逐君去。
到君家舍五六年，君家大人频有言。
聘则为妻奔是妾，不堪主祀奉蘋蘩。

终知君家不可住，其奈出门无去处。
岂无父母在高堂？亦有亲情满故乡。
潜来更不通消息，今日悲羞归不得。
为君一日恩，误妾百年身。
寄言痴小人家女，慎勿将身轻许人！

全诗开篇，是女主人公悲痛怨忿的控诉：用银瓶从井底打水，快要提到井口的时候，拴着银瓶的丝绳断裂了，银瓶沉入了井底；在石头上打磨玉簪，玉簪快要磨成的时候，突然从中间断成了两截。沉到水底的银瓶，断成两半的玉簪是什么命运？只能被人废弃。这就是今日我与你离别后的命运！

离别之际，女主人公回忆起当年与恋人初见时的美好情形。那时她与郎君还不曾相识，待字闺中，美丽多姿，与同伴们在后园中无忧无虑地游玩。怀着少女的青涩幽香心思，倚着矮墙把玩着一枝青梅（在这里又出现"青梅"这个意象了），郎君骑着白马从垂杨下经过，墙头马上，遥遥相望，一见钟情，两心相通。少女忍不住与郎君说起话来，郎君指着南山松柏立下誓言：此心不渝，有如常青松柏。女主人公被感动了，于是将自己少女的双鬟合成妇人的发髻，暗地里跟随郎君而去。

故事到这里，还是一个一见钟情的浪漫故事。

元人白朴用这个素材，写了一出杂剧，就叫做《墙头马上》：洛阳总管李家小姐千金在园中游玩，宰相裴家少年少俊骑着马从园外经过，两人一见钟情，裴少俊致诗曰："为谁含笑在墙头？"李千金答曰："莫负后园今夜约。"两人趁着夜色在李家后园相见，相约私奔，在裴家花园匿居七年，生了一儿一女后才被裴父发现。裴父斥李千金为娼妓，将她赶走。后来几经周折，裴少俊发愤图强考中进士，裴父又得知李千金是洛阳总管之女，于是改变了对他们的态度，假称裴李两家"曾议亲事"，亲自上门接回李千金，一家团圆。

《井底引银瓶》这个故事，如果按照这出杂剧发展，自然会有一个大团圆的美满结局。

可惜的是，这世事间，不如意者，总是十之八九。

女主人公到郎君家里住了五六年，这期间郎君的父母频频有怨言：三书六礼聘娶回来的才是妻子，才能够光明正大地主持家族的祭祀、祭拜祖宗神灵；自己跟着回来的只能是妾，没法主持祭礼。

不论是当时的习俗，还是《唐律》的规定，唐代婚姻制度都是将“父母之命，媒妁之言”放在婚姻成立的最重要的位置。婚礼也有一定的步骤和程序：纳采（男方家长请媒人向女方家长提亲并送“采择之礼”，旧俗用大雁为礼）；问名（媒人到女家询问女方姓名八字）；纳吉（合八字后通知女方）；纳征（男家送聘礼和聘书、礼书到女家）；请期（双方讨论定下婚礼日期）；亲迎（唐代并不要求新郎上门迎亲，明清时代要求新郎亲自迎亲，迎娶新娘之文书为“迎书”）。以上步骤是谓“三书六礼”。

婚礼的具体流程，丰俭由人，与时而变，但是婚姻成立的基本条件，在传统时代的中国，并没有太大变化。

就像是法治时代，必以登记领证为婚姻关系成立的最基本条件一样。

“聘则为妻奔是妾，不堪主祀奉蘋蘩。”这位郎君的家庭，大约是比较讲究礼法与传承的人家。一位合乎礼法与习俗的正妻，对内可以名正言顺地主持家事、奉祀祖宗，对外可以光明正大地与同阶层的其他家庭进行社交。

郎君父母对女主人公的抱怨，很多时候，其实不能简单归因于他们个人的喜好，而更多的要归因于整个社会环境。

人是社会的动物。

要改变世界很难，更多的时候是改变自己。

女主人公在开头几年或许还能够依仗着两情相悦的甜蜜，对郎君父母的抱怨视而不见、听而不闻，但是随着时间的推移，当初的浓情蜜意渐渐淡去，现实的压力却与日俱增，她越来越无法再这样自欺欺人下去了——她若是再留下来，可能会被迫眼睁睁地看着郎君娶回一位正妻，而她可能会成为郎君的妾侍，地位低微，仰人鼻息，而且，唐律规定“妾通买卖”，也就是说，妾侍连人身权利都是有限的。

这是为爱情而来的女主人公不能接受的结局。

敢于私奔的女主人公，本性中便有着一种刚烈决绝。

但是曾经热情如火、海誓山盟的郎君，在女主人公悲愤地夺门而出时，却默然无声。

是因为这五六年来周旋在父母与妻子之间积累下来的疲惫终于爆发？还是因为热情消退、理智复苏后，清醒地认识到自己的无能为力？

女主人公在郎君的家里已经无处安身，决然出门后，又茫然四顾，不知该向何处去。

她的父母还健在，故乡亲朋满座。可是她自从跟着郎君私奔之后，就再没有与父母家人通过消息。若是她生活美满，等时过境迁、儿女满堂的时候，还可以悄悄地向父母家人报个平安。然而她如今这样的处境，羞愤不堪，又怎么敢再回到故乡的家中？那样岂不是徒然令父母与她一同蒙受羞辱？

前无去处，后无归路。

曾经热情浪漫、天真活泼的少女，身心俱疲，孤独无依地站在路口，回头向门内的郎君痛诉：“为君一日恩，误妾百年身。”——为了你的那一份短暂的热情，却害了我的终身！

门内的郎君仍然沉默。

女主人公转过头来，告诫无数如她当年一般天真烂漫的少女：“寄言痴小人家女，慎勿将身轻许人！”

女主人公此时此刻的心情，应当与《诗经·氓》之中的那个女子暗暗相通：“于嗟女兮，无与士耽！士之耽兮，犹可说也。女之耽兮，不可说也。”——痴情的小姑娘呀，你千万不要被男子的情爱迷惑！男子可以从情爱中脱身，你却会深陷其中无从解脱！

这是白居易借女主人公之口，发出的沉痛的告诫：姑娘们，如果没有婚姻的保障，千万不要轻易将终身托付与人！

唐代是一个婚姻爱情相对比较自由的时代，当时的青年男女们，不依照“父母之命，媒妁之言”而婚恋者，不在少数。

而且，唐代士人有漫游之风，商人常年奔走四方，其他普通民众也未必没有远行之时，在那个交通与通信很不便利的时代，理论上需要家里尊长同意的婚姻，现实操作中遇到的困难太多，如果严格按照“父母之命”来操作，很可能一桩婚事需要数年时间来完成。这对于女性十四岁便可以合法出嫁、政府十分鼓励早婚早育的唐代，其实也很不符合社会需求。

因此，《唐律·户婚》中有一条折中的法令，即《卑幼自娶妻》条：“诸卑幼在外，尊长后为定婚，而卑幼自娶妻，已成者婚如法；未成者从尊长，违者杖一百。”也就是说，青年男子出门在外，家里尊长替他定了婚，但是男子在外自行娶妻的，如果已经成婚，则婚姻合法成立；如果尚未成婚，则以家里尊长定的婚事为准，如果这青年男子不肯遵从尊长定的婚事，则受杖刑一百。

这条法令，算是给青年男女的婚恋自主权开了一道口子。

《井底引银瓶》这个故事里，两个年轻人却没有去做这样的尝试，而是选择了一条没有退路的道路。

是因为他们被爱情冲昏了头脑，完全没想起来这条法令？还是他们本来就不知道有这条法令？或者是他们很清楚地知道，如果正式提亲的话，双方的家庭都不会同意？又或者只是年轻人心中澎湃的热情等不及那冗长烦琐的礼节？

无论是什么原因，深陷情网的少男少女们，冲动之下为爱走天涯的现象，层出不穷。

但由此带来的社会问题，也不在少数。

年轻人的热情，往往抵挡不住宗法伦理、礼教法令的围堵。

套一句话便是：理想是丰满的，现实是骨感的。

当热情退去后，年轻男女不得不向现实低头。

这个时候，处境最尴尬、最无助的，总是那些曾经深陷爱河的女子。

她们在夫家没有合法地位，无处容身，又因为私自缔结婚姻，而失去了娘家的庇护。

这个时代，对独身女子并不友好，她们甚至很难独立养活自己。

便如同那坠入井底的银瓶、中途折断的玉簪，进退不得，绝望无依。

白居易写这首诗，虽然副标题看起来是要批判和阻止这种社会现象，但实际上，我们看到的恐怕还是一颗焦灼的老父亲的心：看到那些天真烂漫、热情美丽的姑娘们，一个接一个地倒在这条开满鲜花的荆棘路上，让老父亲怎么不心急如焚？

他没有能力改变这个世界，只能写下这首长诗，用这个悲剧故事，苦心劝诫：姑娘们，你们千万不要和那些不可靠的年轻人私奔！

踏青会散

两点深心各惆怅

踏青，又名“蹋青”。 这个习俗，自先秦至汉唐，由来已久。寒冬将尽，春意徐来，郊野芳草初生，青青如许，被萧瑟严寒困了一整个冬天的人们，迫不及待地要往郊野去吹一吹拂面不寒的春风，踏一踏渐生渐浓的青青芳草，是为“踏青”。

正月十五，春雪未消，芳草初萌，这个时候去踏青，叫作“探春”，据《开元天宝遗事》载：“都人士女，每至正月半，各乘车跨马，供帐于园圃或郊野中，为探春之宴。”

《旧唐书》里又说，唐代宗曾在“大历二年（767 年）二月壬午，幸昆明池踏青。”可见二月初二也是比较常见的踏青日期。

而到了三月初三这个传统的上巳节，春意已浓，气暖花盛，游春踏青之人，更是络绎如云。李淖在《秦中岁时记》中云：“**唐上巳日，赐宴曲江，都人于江头禊饮，践踏青草，曰踏青。**”杜甫在《丽人行》中云：“**三月三日天气新，长安水边多丽人。**”很是写实。

晚唐诗人韩偓有《蹋青》一诗，写蹋青会上的女儿心事，极是细致入微：

蹋青会散欲归时，金车久立频催上。

收裙整髻故迟迟，两点深心各惆怅。

蹋青会散，游人纷纷归家，诗中的女子被家人频频催促赶快上车，她却还在慢条斯理地整理自己的衣裙和发髻，故意放缓上车的脚步，只为了多看一眼自己思慕的那个人，而那个人想必也是迟迟不曾上马离去。他们俩心心相印，但是众目睽睽之下，却只能遥遥相望，各自惆怅。

上巳节的踏青，在先秦时期，其实也是青年男女自由求爱求偶的活动。

秦以后礼教渐立，上巳节的踏青便渐渐演变为大规模的游春娱乐盛会。王羲之在永和九年三月三日与谢安、孙绰等人在会稽山阴的兰亭相聚、赋诗、流觞宴饮，作《兰亭集序》以记此事。隋代著名画家展子虔的《游春图》，描绘明媚春光中人们成群结队踏青的情景，这幅画现藏于故宫博物院，是已知中外古画中年代最早的一幅。唐代画家张萱《虢国夫人游春图》描绘的则是杨贵妃的三姐虢国夫人游春踏青场景，再现了杜甫《丽人行》一诗的绮丽场景。

唐代的踏青，看起来已经不复先秦时候的自由放纵。

然而，这样春暖花开、盛装华服的踏青会，又何尝不是青年男女们展示自己、观察别人的一个大好舞台？

刘禹锡如此描写踏青的场景："陌喧金距斗，树动彩绳悬。姹女妆梳艳，游童衣服鲜。"道路上人来人往，热闹喧哗，不时可以看到斗鸡的摊子。树林里挂着彩绳秋千，秋千荡起来，树也跟着摇动。那些荡秋千的女子，裙裾飞扬，欢声笑语，会否也是他人眼中的春景？一路之上，只见女子精心打扮，妆容艳丽；男子也穿上鲜艳的衣服，有意招摇。

真是春天的气息啊。

韩偓诗中的女主人公，也许是在踏青会上与那个人一见钟情，也许在此之前便已经互生情愫，踏青会只是进一步加深了他们的感情。

不论是哪一种可能，其实都足以说明：在这明媚春光里，在踏青的青年男女中，有很多人，看的不只是郊野的春光，也是他们与她们心中的春光。

只是当踏春会散时，他们也不得不满怀惆怅地归去。

两心相映后，能否结为眷属，都还是未知之数。

留下这一点怅惘，让千年之后的我们，读至此处，仍然要为他们牵挂悬想。

女儿心事

仙心入微画玲珑

李白写诗往往大开大阖，驰骋八荒，纵横天地，“笔落惊风雨，诗成泣鬼神”（杜甫《寄李十二白二十韵》）。后人称李白为诗仙，李白自比为谪仙：“青莲居士谪仙人，酒肆藏名三十春。”（《答湖州迦叶司马问白是何人》），“天上白玉京，十二楼五城。仙人抚我顶，结发受长生。误逐世间乐，颇穷理乱情……”（《经乱离后天恩流夜郎忆旧游书怀赠江夏韦太守良宰》）。

然而，描摹女儿心事之时，这位谪仙人手中的如椽巨笔，却又能轻轻写就一幅幅簪花小楷。

李白有《秋风词》一篇，《全唐诗》里又名为《三五七言》，以其句式为三三五五七七而得名，前人多以为，此体裁为李白所创。其诗云：

秋风清，秋月明。

落叶聚还散，寒鸦栖复惊。

相思相见知何日？此时此夜难为情！

……

最初读到这首诗，是在《神雕侠侣》的结尾处。小郭襄看着杨过与久别重逢的小龙女相携离去，终于忍不住落下泪来。此时华山之上，秋风清冷，吹拂得少女的裙裾与发丝飘扬飞舞；秋月澄明，映照着越去越远、不复可见的人影；风中落叶聚散不定，树上寒鸦时时惊起，小小少女的满腔幽情、一怀愁绪，仿佛这落叶与寒鸦一般，在风中、在月下飘忽沉浮，无可依托；其实她的心中已经知道，虽然同在这轮明月之下，这一别或许已是再无相见之日。她理应挥慧剑断情丝，只是情难自抑，无可排遣，唯有坐视自己被那一腔深情步步紧逼到绝境处，茫无前路，渺无归途，然后露出无可奈何的带泪微笑。

此情此景，如之奈何？令读者掩卷之后，久久不能释怀。

后来才知道，这首诗出自李白之手。

《秋风词》一诗，以景写情，以情观景，体贴少女心境，已臻入微处，达到非常精细微妙的程度。

当然，或许不止一位读者，像我一样，是先读过了小郭襄的故事，然后才读到这首诗的，因此对这首诗的理解，很难避免故事带来的先入为主的影响。

不过，李白写女儿心事的入微之处，并不仅有这一首诗。

乐府古题玉阶怨，是专写“宫怨”的曲题。李白曾作《玉阶怨》一首：

玉阶生白露，夜久侵罗袜。

却下水精帘，玲珑望秋月。

月下的石阶坚冷如玉，夜凉如水，白露滋生，慢慢浸湿了罗袜，寒意透骨，只好回到室内，放下水晶珠帘隔断那寒意，却迟迟不愿去入睡，仍然隔了那晶莹通透的珠帘，凝望着高高的秋月。

为什么久立阶前？为什么望月不眠？诗中未著一字，然而读者仿佛已能体会到女主角心底深处那静默的忧伤、寂寞的期待、无言的倾诉：心绪百转千回，愁思绵绵不绝，太过于沉浸在心中的世界，浑不知外界时光的流逝，直至冷露湿了罗袜，才惊醒过来；秋月亘古不变，在同一时刻映照着千山万水，映照着千千万万望月不眠的人，女主角此时的望月，是思念远人，还是寄托愁怨？

《秋风词》的意境有飘扬飞舞之气韵，《玉阶怨》的意境则偏向于舒缓静谧。不过这一“动”一“静”，皆可见李白这位谪仙的仙心入微处。于入微之处，写女儿心事、宛转情思，细致而又缥缈，若即若离，似明还暗，不可捉摸又丝丝入扣。

衣中真情

寒到君边衣到无

男耕女织的时代，普通女性最重要的日常工作之一，就是为家人与自己织布制衣。

孟郊有一首著名的《游子吟》：

慈母手中线，游子身上衣。
临行密密缝，意恐迟迟归。
谁言寸草心，报得三春晖。

这首诗太有名。慈母春晖，寄托于游子那密密缝就的衣服之上，今日虽不需母亲亲手缝衣，但每当有人说“我妈觉得我冷所以要多穿一件衣服”时，总能让大家会心一笑。

这是一首无论千年之前，还是千年之后，都能引起无数人共鸣的诗。衣中真情，绵亘至今，也将随着人类家庭的绵延而长存。

相比之下，唐诗中的另一类衣中之情，似乎就因为时效性太强，或者说时代特点太鲜明，就不那么容易贴近今人的生活与情感了。

李白的《子夜吴歌》四首，分别写春、夏、秋、冬四季，《秋歌》与《冬歌》的主题非常一致，都是写妻子为戍守边关的丈夫制作寒衣，写妻子寄托在寒衣中的思念之情。

《子夜吴歌·秋歌》

长安一片月，万户捣衣声。

秋风吹不尽，总是玉关情。

何日平胡虏，良人罢远征。

秋风初起，长安城中无数家庭，都赶着为远征的家人缝制寒衣——唐代府兵在服役期间，府兵本身免除课役，但军资、衣装、轻武器（弓箭、横刀）和赴役途中的粮食，均须自备。每一火（一火十人）还得共备供运输的马六匹（或用驴），即所谓“六驮马”。所以，当秋风起时，很多家庭都得赶紧为家中的征人寄送寒衣。

捣衣人昼夜忙碌，乘着月色将新制的衣服用木杵捣软——棉布的普及要到宋元以后，这个时候，普通人家穿的是葛麻，葛布麻布的纤维太硬，因此，在穿着之前要将它捣得柔软平整。

千家万户的捣衣声里，寄托着捣衣人对塞外征人的无尽思念——玉关，指的是玉门关，当时远戍边关的征夫，未必尽在西北玉门关外，不过时人说“**春风不度玉门关**”（王之涣《凉州词》），于是便将玉门关外作为远塞边关的统称了。

这些捣衣人，基本上都是征人的妻子——良人，是唐代女性对丈夫的称呼。她们期望着边关安定，让自己的丈夫早日归家。

开元天宝年间，唐朝的对外战争是比较频繁的，即使是胜利的战争，仍然要付出种种代价与牺牲。史家与时人对于唐玄宗后期的穷兵黩武倾向，都批评颇多，故杜甫在《兵车行》中感慨“**边庭流血成海水，武皇开边意未已**”；李白《战城南》中则说：“**万里长征战，三军尽衰老。**”

而对于普通女性来说，她们对时局的了解有限，期望的不过是边关的战争早日结束，能让自己的丈夫平安归家。

《子夜吴歌·冬歌》

明朝驿使发，一夜絮征袍。

素手抽针冷，那堪把剪刀。

裁缝寄远道，几日到临洮。

明日去往边关的驿使便要出发，家中人连夜往制好的征袍里絮上丝绵。这个时代没有棉花，御寒靠的是衣服里絮的丝绵，不过即使是用下脚茧和茧壳表面的浮丝为原料，因为产量的限制，丝绵的价格恐怕也不会太低，普通家庭要备办一件丝绵寒衣，不说艰难，至少也是比较费劲的，所以白居易得了一件上好的丝绵寒衣，还要专门写诗来纪念一番。

冬夜寒冷，抽针都觉得手上冰冷，何况还是拿着剪刀——既然说“素手”，那么这“絮征袍”的应该就是年轻的妻子了。

一夜忙碌，为的是能够及时将征袍送到驿使手中，早日送抵临洮。临洮离长安不算太远，所以这位妻子才有“几日到临洮”而不是“几月到临洮”的担忧。

之所以入冬后才寄送寒衣，可能是因为需要等待驿使，可能是直到这个时候才攒够了买丝绵的钱，当然也可能是因为临洮离长安本来就是几天的路程，时间上还来得及。

寒衣送出，几天才能送到征人的手中，穿到他的身上？

“几日到临洮”的担忧，在另一首诗中，用另一种方式，同样表现了出来。

晚唐诗人王驾的妻子陈玉兰，在《全唐诗》里留下了一首《寄外征衣》：

夫戍边关妾在吴，西风吹妾妾忧夫。

一行书信千行泪，寒到君边衣到无？

“外”，就是“外子”，妻子对丈夫的尊称，对应的是丈夫尊称妻子为“内子”“内人”，所以李商隐写给妻子的《夜雨寄北》，有的版本也写作《夜雨寄内》。

《寄外征衣》，也就是王驾的妻子给在边关从军征戍的王驾寄了一件寒衣。

晚唐时期从军的大部分已经不是府兵，而是募兵了。府兵制是建立在均田制的基础上的，在开元天宝年间，因为均田制的渐渐崩解，府兵制慢慢转为募兵制，安史之乱后募兵制已经占到绝对优势。不过即使是募兵，衣装上也常常要依赖于将士们的家庭来保障。

王驾收到了妻子从吴地万里迢迢寄来的寒衣，也收到了妻子写给他的这首诗：

你远戍边关，我身在吴地，遥远的距离，隔不开我对你的思念。西风初起，凉意侵人，这凉风吹在我的身上，让我想到身在边关的你，不能不心生担忧。我给你寄了一件寒衣，同时附上一封书信，纸短情长，书信里载不下我绵绵无尽的泪水。我思念你，也担忧你，当冬季的寒冷降临边关时，这件寒衣，能不能从遥远的吴地送到你的身边？

寒到君边，衣未到，妻子的思念与担忧，让人心酸。

另一种更让人心酸落泪的情形，是寒衣已到，人却未还。

晚唐诗人许浑有一首短诗《塞下》：

夜战桑干北，秦兵半不归。

朝来有乡信，犹自寄征衣。

桑干北，即桑干河北岸。桑干河，是永定河的上游，发源于山西，流经华北平原，经北京、天津入渤海，当时是唐王朝与契丹、奚常年交战的战线。

安史之乱后，唐王朝元气大伤，边庭战争屡屡失利。桑干河北岸的这场夜战，秦兵损失过半——秦兵，泛指唐军，因为唐都在秦旧地关中；杜甫《兵车行》中说“况复秦兵耐苦战”，则“秦兵”可以专指坚韧善战的关中士兵。

这场战争结束之后，天亮了，驿使抵达军营，送来了征夫的家人寄送的寒衣。

然而，那些葬身桑干河北的士兵，已经永远穿不上妻子或是母亲为他缝制的寒衣了。

在唐代，为征人缝制征衣的，还有另一种情形。

唐玄宗开元年间，曾经赐给边关军队绵衣——也就是用丝绵絮成的寒衣。

这些绵衣，是宫女们制作的。

有一位士兵，在赐给他的绵衣中，得到了一首诗：

沙场征戍客，寒苦若为眠。

战袍经手作，知落阿谁边。

蓄意多添线，含情更著绵。

今生已过也，结取后生缘。

这首诗就是开元宫人写的《袍中诗》。

闭锁宫中的女子，怜惜那沙场征战、卧冰饮雪的征人，她不知道这战袍将要落到谁的手中，但还是特意将这战袍缝得格外结实，带着这怜惜之情将丝绵絮入袍中。她在做着那些征妇们为远戍边关的丈夫所做的工作，知道自己今生已经要老死在宫中，只能等待来生有缘再见。

思念征人的征妇，本来是诗人们同情的对象，“**少妇城南欲断肠，征人蓟北空回首**”（高适《燕歌行》），“**可怜无定河边骨，犹是春闺梦里人**”（陈陶《陇西行》）。但是对于幽闭宫中的这位宫人来说，有一个人可以思念、有一个人可以寄送寒衣的征妇，也是她无限欣羡的对象。

原诗序言中说：得到《袍中诗》的士兵，将这件事情禀告了自己的主帅，主帅又上禀到朝中，玄宗将这首诗遍示六宫，有一名宫人出来认领并认罪。玄宗怜悯她，便将她嫁给了得到《袍中诗》的那名士兵，并说：“朕为你们结今生缘。”

这是一个意料之外又情理之中的美满结局。玄宗本人是一个很具有艺术气质的皇帝，诗中的真情应该是打动与感染了他；而开元年间的玄宗，本来也是一个比较开明的皇帝，所以被感动的玄宗，赐下了这份良缘。

于是这位宫人，自此成了那月下捣衣的众多征妇的一员，求仁得仁。

唐以后，我们很少再在诗词之中看到“一夜絮征袍”“裁缝寄远道”这样为征夫寄送寒衣的景象了。之所以如此，主要原因与军队给养制度的改变有直接关系。宋代主要实行募兵制，又以重金供养军队，武器装备和后勤物资保障由皇帝通过兵部统一调拨，以确保皇帝对军队的绝对控制。宋以后的军队给养制度，大体上延续了这一制度。

至于今天的军队给养，更不用说，是不必由士兵家庭来承担了。

所以，今人离那些“一夜絮征袍”“裁缝寄远道”的情感，已经很遥远、很陌生了。

但是，当北风吹起，凉意袭来，我们是否依然会为远在异乡的亲人与爱人担忧，担忧他们有无及时穿上寒衣？

一如某首诗中所写：想你的时候我就看天气预报。

这样的思念，千年之前，千年之后，依然未变。

空谷佳人

翠袖薄寒倚修竹

安史之乱席卷大半个唐帝国，上至帝王，下至平民百姓，受害之深之广，无以尽言。杜甫身在其中，看到的不仅仅有“国破山河在”“烽火连三月”的时代悲剧，也有诸多普通人的悲欢离合。

《佳人》一诗，写的便是一位因为安史之乱而被夫君抛弃的“良家子”：

绝代有佳人，幽居在空谷。自云良家子，零落依草木。
关中昔丧乱，兄弟遭杀戮。官高何足论，不得收骨肉。

世情恶衰歇，万事随转烛。夫婿轻薄儿，新人美如玉。
合昏尚知时，鸳鸯不独宿。但见新人笑，那闻旧人哭。

在山泉水清，出山泉水浊。侍婢卖珠回，牵萝补茅屋。
摘花不插发，采柏动盈掬。天寒翠袖薄，日暮倚修竹。

这位绝代佳人，出身良家子——良家，也即家世清白的好人家。汉代规定：犯了罪的吏员、逃亡犯、上门女婿、商人、曾经是商人、父母是商人、祖父母是商人（吏有罪、亡命、赘婿、贾人、故有市籍、父母有市籍、大父母有市籍），名为“七科谪”，要谪发远征或者戍边；从军戍边但是不在七科谪内的，也不是医、巫、商贾、百工子女的，就是良家子。唐代大体上延续了汉代对良家子的定义。

家世清白，而且美丽绝伦。但是却只能幽居空谷，与草木相依为伴。

为什么会凋零到如此境地？

诗中已有答案：“**关中昔丧乱，兄弟遭杀戮。**”关中昔日遭到兵灾大祸——这是指安史之乱；她的父亲与兄长都被杀了——潼关失陷之后，唐玄宗带着杨贵妃匆匆忙忙逃出长安城，但大批官员都不知道潼关失陷和玄宗出逃的消息，留在城中，落到了安史叛军的手里。王维因为名气太大，被强迫做了伪官，底层小吏杜甫落入贼手后又历尽艰辛逃了出去，而更多的人则在这场混乱中被杀，诗中佳人的父亲兄长就在其中。

“**官高何足论，不得收骨肉。**”即使曾经身居高位又如何？到头来连尸骨都不能寻回好好安葬——死无葬身之地，在古代是十分恶毒的诅咒，也是家人心中永远的痛。

“**世情恶衰歇，万事随转烛。夫婿轻薄儿，新人美如玉。**”父兄之死，是诗中佳人处境陡变的关键因素。身居高位的父兄，是家族的中流砥柱。当他们在战乱中死去，世态炎凉，曾经“结二姓之好”的婚姻，立刻触礁。

佳人的夫婿，抛弃了她，有了新的妻子，这位妻子固然“美如玉”，但更大的可能，还是她的家族，没有像佳人的家族那样遭受到毁灭性的打击，所以，在财富或者权势方面，又可能二者兼备，占据着显著的优势。

唐代本来便有财婚习俗，这一习俗在安史之乱后因为男女比例的失调而愈演愈烈，贫家女难嫁成为一个严重的社会问题。

安史之乱的兵灾、佳人父兄之死，首先带来的恐怕便是家族财富的巨大损失。与此同时，则是家族地位的急剧下跌。

古人本来就有“低门娶妇，高门嫁女”的传统，唐代婚姻又很看重门第。曾经显贵的空谷佳人，她所嫁的夫婿，应该也是高门显贵。夫婿的家族，在安史之乱中的境遇如何，诗中并没有提到，但是很可能损失不像她的家族那样惨重，所以才能迎娶美如玉的新人。

当此之时，佳人只能激愤地控诉夫婿的轻薄无义：“合昏尚知时，鸳鸯不独宿。但见新人笑，那闻旧人哭。”

夫婿轻薄无义，她又该何去何从？

山外泉水浊如泥，一如这世态炎凉人心衰败，她不能苟活于这浊世，于是隐居山间，自守清泉之节。

家道中落，孤贫无依，幽居空谷的佳人，不得不让侍女卖掉珠宝来维持生计，住的茅屋破漏了，也只能自己动手，扯下林间藤萝来修补破漏之处。摘下鲜花，却已没有心情来插在发间打扮自己。林间松柏青青，凌寒不凋，独立不移，采得柏枝满怀，清香盈袖，这松柏之枝，便如同她的心志一样，孤洁芬芳。

“**天寒翠袖薄，日暮倚修竹。**”天气日益寒冷，佳人却仍然穿着旧日的翠色夏装，衣着单薄，冬衣无处可觅。当日落西山、忙碌的人们纷纷归家、炊烟四起时，她独自倚着亭亭翠竹，默然伫立，脉脉无语。

此时此刻，她的心中，有何所思？有何所想？我们已经无从得知，而只能感受到她的孤洁、决绝、哀愁、坚忍。

山中佳人的悲剧，并不仅仅因为安史之乱造成的她的娘家衰落，究其根本原因，还是女性在传统农业社会里长期处于弱势的经济地位与社会地位。

“**但见新人笑，那闻旧人哭**”，唐以前的女性，便已经遭遇到这样的悲酸。

《诗经·卫风·氓》里的弃妇，回忆恋爱生活的甜蜜，自述婚后的辛勤劳作，控诉被丈夫虐待和遗弃的痛苦，她的坚贞，与丈夫的负心形成了鲜明的对比，丈夫背弃了他们在少年时立下的白头偕老的誓言，她又能怎么样？不如就此撇开吧！（“**总角之宴，言笑晏晏。信誓旦旦，不思其反。反是不思，亦已焉哉！**”）这样的决绝洒脱背后，是女子在婚姻中的弱势，是她背负重担蹒跚前行的无奈，于是只能劝诫同伴们，不要耽于情爱，因为女子深情，一旦陷入情网就难以脱身，而男子薄情，轻易便可以放下。（“**于嗟女兮，无与士耽！士之耽兮，犹可说也。女之耽兮，不可说也。**”）

汉乐府有《上山采蘼芜》一诗："上山采蘼芜，下山逢故夫。长跪问故夫，新人复何如？新人虽言好，未若故人姝。颜色类相似，手爪不相如。新人从门入，故人从阁去。新人工织缣，故人工织素。织缣日一匹，织素五丈余。将缣来比素，新人不如故。"

诗中的弃妇,比新人美丽,比新人勤劳能干。正因为如此,才更显出"故夫"喜新厌旧的心理，以及女子在婚姻中缺少保障的现实。

到了唐代，《唐律》将《大戴礼记》中的"三不去"定为法规，即曾为公婆服丧三年者不得去；娶时贫贱后来富贵者不得去；无家可归者不得去。有"三不去"中任何一条，虽犯"七出"（不顾父母、无子、淫、妒、恶疾、多言、盗窃），丈夫也不能提出离婚，否则"杖一百，追还合"。如果丈夫有妻另娶，"诸有妻者，徒一年；女家，减一等。若欺妄而娶者，徒一年半；女家不坐，各离之。"

如果严格按照《唐律》的规定，空谷佳人的婚姻是有保障的，至少，她父兄皆丧，被休弃后无家可归，所以不应被休弃。

但是实际上，律法执行起来，有太多可以让权贵、经手人等操作的空间。尤其是在安史之乱这样的大乱里，就更谈不上律法了。

诗中的"佳人"，似乎并没有子女。如果生有子女，被抛弃时的悲哀，便更加深重了。白居易《母别子》云："关西骠骑大将军，去年破虏新策勋。敕赐金钱二百万，洛阳迎得如花人。新人迎来旧人弃，掌上莲花眼中刺。迎新弃旧未足悲，悲在君家留两儿。"诗中的将军，立功升官发财之后，便将已经生育了两个儿子的妻子赶出家门，另从洛阳城中迎娶如花新人，妻子悲愤又无奈，大约是因为有子女牵挂，她只能将怨忿对准新人：“**但愿将军重立功，更有新人胜于汝。**”

传统农业社会里，生产劳动严重依赖于人力，女性体力有限，极大地局限了她们的生产能力，进而严重限制了她们的经济地位与社会地位。所以，即使在女性地位相比而言比较高的唐代，美丽、聪慧、高洁坚贞的空谷佳人，也难以摆脱她在婚姻中的被动与弱势，安史之乱覆灭了她的娘家，这对她来说是雪上加霜。

她的遭遇，在唐以前不绝于书，在唐代绝非个例，在唐以后同样比比皆是。

直到工业时代来临，现代技术极大地弥补甚至于填平了男性与女性在体力上的差距，这样的情形，才从根本上有了改变。

贫家姑娘

嫁衣苦为他人作

唐代有一种比较特殊的社会现象：贫家女难嫁。唐诗之中，多有反映。白居易《秦中吟》十首中，有一首名为《议婚》，其中主干部分，是写富家女的易嫁与贫家女的难嫁：

红楼富家女，金缕绣罗襦。见人不敛手，娇痴二八初。
母兄未开口，已嫁不须臾。绿窗贫家女，寂寞二十馀。
荆钗不直钱，衣上无真珠。几回人欲聘，临日又踟蹰。

《秦中吟》十首，均为针砭时弊，“贫家女难嫁”便是时弊之一。所以白居易要为贫家女呼吁，让世人不要只看到贫女家境贫寒、嫁妆菲薄，而是要看到她们的孝顺：“富家女易嫁，嫁早轻其夫。贫家女难嫁，嫁晚孝于姑。”

对于贫家女难嫁的这一社会现象，我们更熟悉的诗，可能是秦韬玉的《贫女》：

蓬门未识绮罗香，拟托良媒益自伤。
谁爱风流高格调，共怜时世俭梳妆。
敢将十指夸针巧，不把双眉斗画长。
苦恨年年压金线，为他人作嫁衣裳。

秦韬玉这首诗，也有借贫家女而喻贫寒士人之意。即使贫家女有出色的女红本领，也只能年年为他人作嫁衣裳，就像寒士空有满腹才华却无从施展一样。

以贫家女难嫁来喻寒士的怀才不遇，并为时人所传诵，恐怕不仅仅因为寒士怀才不遇引起的共鸣，也因为贫家女难嫁是一个时人比较熟悉、比较常见的社会现象——也许寒士的家中，就不乏难嫁的女儿或姐妹。

李商隐《无题》诗甚多，其中一首也提到了类似的社会现象：

何处哀筝随急管，樱花永巷垂杨岸。
东家老女嫁不售，白日当天三月半。
溧阳公主年十四，清明暖后同墙看。
归来展转到五更，梁间燕子闻长叹。

东家女，典出宋玉《登徒子好色赋》：“臣里之美者，莫若臣东家之子。东家之子，增之一分则太长，减之一分则太短；著粉则太白，施朱则太赤；眉如翠羽，肌如白雪；腰如束素，齿如含贝；嫣然一笑，惑阳城，迷下蔡。”

如此美丽的东家女，却因为“嫁不售”，变成了“老女”，原因是什么？很难不让人联想到当时“贫家女难嫁”的问题。相对应的，是年轻的溧阳公主，因为出身富贵、嫁妆丰厚，年方十四便早早出嫁了，清明后春暖花开，与夫君携手同游，让东家老女只能辗转长叹。

当然，李商隐的这个感慨，或许也是在借贫家女难嫁，感伤出身贫寒的俊杰之士不得施展才华抱负。

贫家女难嫁，原因很多，其中一个非常关键的原因，在于唐代的“财婚”习俗。

唐代婚姻对女方的资财特别看重，论者多以为，与魏晋南北朝时期尤其是北朝的财婚习俗的影响密不可分。

据清代赵翼记载：“魏齐之时，婚嫁多以财币相尚，盖其始高门与卑族为婚，利其所有财资份遗，其后遂成风俗，凡婚嫁无不以财币为事，争多竞少，恬不为怪也。”他认为财婚的习俗，是北朝士族与鲜卑贵族通婚时留下来的弊端。

北齐颜之推在《颜氏家训·治家篇》里，对这种财婚习俗加以警示：“近世嫁娶，遂有卖女纳财，买妇输绢，比量父祖，计较锱铢，责多还少，市井无异。或猥婿在门，或傲妇擅室，贪荣求利，反招羞辱，可不慎欤。”他担忧这种纯粹建立在财富权势的利益得失基础上的婚姻，会带来种种不良后果，对家族不利，所以在家训中告诫颜家子弟，一定要慎重对待这种习俗。

唐初统治阶层承继北朝的文化，很难避免这种社会风俗的影响。

而贫家女难嫁的社会现象，实际上是在安史之乱后才比较频繁地出现在唐诗之中，如张碧的《贫女》（“自是生寒门，良媒不相识。”）、邵谒的《寒女行》（“家贫人不聘，一身无所归。”）以及于流的《越溪女》（“妾家基业薄，空有如花面。嫁尽绿窗人，独自盘金线。”）等等。

也就是说，贫家女难嫁，固然有财婚习俗的影响，但最主要，恐怕还是缘于适婚男女比例的失调。

学者翟桂金认为：中唐以后贫女诗的大量出现，说明贫家女难嫁在当时已经是一个非常突出的社会现象，导致这一现象的原因，既有北朝财婚习俗的影响，同时科举制推行又造成女性地位相对降低（贫寒男子可以借科举考取功名、结姻于富贵人家，因此不愿与贫家女结亲），但是最根本原因还是“女多男少”的人口性别比失调。

按现在的统计研究，正常情形下，出生性别比的通常值域为 102 ~ 107 之间，也就是说，每出生 100 名女婴，同时期出生 102 ~ 107 名男婴。因为男婴夭折率更高一点，男孩出意外的比例更高一点，这个性别比，慢慢会趋向于平衡，而因为女性往往比男性长寿，到晚年，这个比例还会倒置。

这是正常情形下的人口性别比。

但是这种正常情形，常常会被各种意外或异常情况打破。

唐代初中期，因为府兵制的实行以及比较频繁的对外战争，男性经常要被征发从军或戍边。“**或从十五北防河，便至四十西营田。去时里正与裹头，归来头白还戍边。**”（杜甫《兵车行》）战争必然会造成士卒的伤亡：据《资治通鉴》卷二百一十六记载“天宝十载四月，剑南节度使鲜于仲通讨南诏蛮，大败于泸南。时仲通将兵八万，军大败，士卒死者六万人，仲通仅以身免。”故杜甫痛呼“**边庭流血成海水，武皇开边意未已**”。

安史之乱造成巨大的伤亡，其中大量是从军的青壮年男性。随之而来的藩镇割据，大肆扩军，时有征战，进一步加剧了青壮年男性的离家或死亡。杜甫的感慨写在安史之乱前，但用在这个时候，也十分合适：“**信知生男恶，反是生女好。生女犹得嫁比邻，生男埋没随百草。**”（杜甫《兵车行》）

当青壮年男性大量被征发或死亡，男女性别比的平衡被打破，男少女多，待嫁女性可以选择的范围大为减小。这种情形下，生女若想嫁得邻家男，恐怕就需要足够的嫁妆来作为筹码了。

战乱造成或进一步加剧贫家女难嫁的现象，杜甫在《负薪行》中也有具体的描绘：

夔州处女发半华，四十五十无夫家。

更遭丧乱嫁不售，一生抱恨长咨嗟。

土风坐男使女立，应当门户女出入。
十犹八九负薪归，卖薪得钱应供给。

至老双鬟只垂颈，野花山叶银钗并。
筋力登危集市门，死生射利兼盐井。

面妆首饰杂啼痕，地褊衣寒困石根。
若道巫山女粗丑，何得此有昭君村？

夔州是王昭君故里，当地女性并不粗丑，而且非常勤劳能干，负薪贩盐，当门立户，可是家境贫寒，“四十五十无夫家”可能有些夸张，但是老大不能嫁也是事实，而因为安史之乱的影响，男少女多，出嫁更是遥遥无期，“更遭丧乱嫁不售，一生抱恨长咨嗟”，只好抱恨长叹。

白居易《赠友五首》中也讲到了战乱对婚姻的影响：“三十男有室，二十女有归。近代多离乱，婚姻多过期。嫁娶既不早，生育常苦迟。儿女未成人，父母已衰羸……”这是说战乱造成婚姻的耽误，这又是另一个层面的影响了。

唐以后的文学作品中，较少提到“贫家女难嫁”的现象。未知是时人见怪不怪，不再付诸笔墨，还是别有原因，比如说溺杀女婴造成了男女比例失调。这一习俗至少在宋代便已经出现。苏轼被贬到黄州时，他注意到当地农家因为生活贫困，有溺杀女婴的习俗，自己对此却无能为力，深感心酸不忍。

近代中国战乱频仍，青壮年男性死亡率高，但是另一方面，“溺女之风近世各直省所在多有，相习成风，恬不为怪。”（郑观应语）光绪帝下谕“溺女必与严惩”，政府还曾在各地设立了一些女婴堂、保婴会等慈善机构来收养女婴，足以说明当时中国溺杀女婴的现象之普遍、问题之严重。这就以极端消极的方式减轻了战争对人口性别比的影响。所以近代农村，往往以穷光棍居多，嫁女倒是不难。

以此类推，唐代的贫家女难嫁，是否从反面映证，唐代溺杀女婴的行为比较少，不足以影响到人口性别比？这样的话，对于唐代的贫家女而言，也算是不幸中之大幸了。

壁上相思

夜来谁染霜林醉

唐代出版业很不发达，唐中后期开始应用的雕版印刷术，主要是用来印刷销量巨大而品类比较单一的佛经与黄历等。因此，唐诗的传播，往往依靠的是乐工歌伎等人的传唱、交通要道与风景名胜等处的题壁诗等方式。比如说崔颢的《黄鹤楼》，就是题写在黄鹤楼的墙壁上，李白登楼游览时，诗兴大发，想要题写一首，看到墙上的崔颢题诗，自叹不如：**眼前有景道不得，崔颢题诗在上头**。于是就此搁笔。那些时人与后人熟知的题壁诗，就这样随着南来北往的行人，不胫而走，传播四方。

人流量比较大的驿站，就像是现代人流量大的网站，来来往往的过客旅人与当地百姓，习惯于在这里留下自己的足迹，既是倾诉也是交流。

白居易在《蓝桥驿见元九诗（诗中云：江陵归时逢春雪）》中写道：“**蓝桥春雪君归日，秦岭秋风我去时。每到驿亭先下马，循墙绕柱觅君诗。**”每到一处驿站，白居易就到处找老友元稹在墙壁上或者柱子上可能留下来的诗，在蓝桥驿果然找到了，于是赶紧在后面跟了一首，希望老友有朝一日也能看到自己的回帖，哪怕隔着万水千山，这一刻也能心意相通。

在这驿站的墙壁上，也留下了唐代女性对恋人与爱人的绵绵思念。

《全唐诗》卷801，录有湘驿女子的《题玉泉溪》一首：

红叶醉秋色，碧溪弹夜弦。
佳期不可再，风雨杳如年。

玉泉溪这个地名，共有三处，一处在北京城郊，一处在浙江文成，还有一处在湖南湘西。显然，湘驿女子的这首诗，是题写于湘西玉泉溪驿站。

湘西，在唐代属于黔中道，当地土著居民被称为“五溪蛮”或者“武陵蛮”，五溪是雄溪、樠溪、辰溪、酉溪、武溪，并没有诗中所提及的玉泉溪。

李白《闻王昌龄左迁龙标遥有此寄》一诗云：“杨花落尽子规啼，闻道龙标过五溪。我寄愁心与明月，随君直到夜郎西。”也就是说，在唐代，湘西是贬谪官员的蛮荒之地。

这位湘驿女子，从她留下的诗文来看，恐怕接受过良好的教育；能够在驿站之中题诗，应该是官宦人家的家眷。

她是跟着家人被贬谪到这里，还是贬谪途中路经此地？

无论是哪一种原因，从诗中来看，她似乎已经断绝了与昔日恋人重续情缘的希望："佳期不可再，风雨杳如年。"《诗经·风雨》云："风雨如晦，鸡鸣不已。既见君子，云胡不喜？"诗中的女子在那风雨如晦的清晨，终于等到了自己的爱人归来，怎么不欣喜万分？

然而湘驿女子等待的风雨中的重逢，却遥遥无期。

正因为这样深重的离情别绪，她眼中的玉泉溪景象，才是水碧如天，叶红如醉，凄清而又冷艳，催人泪下，恰如《西厢记·长亭送别》一折中所唱："晓来谁染霜林醉？总是离人泪。"

满怀离愁，只能寄托于琴弦。

夜深难眠，伴随这琴声的，只有那潺潺流水、如醉红叶。

湘驿女子的生平身世，无人知晓。但是她题写在驿站墙壁上的这首诗，流传千年。

她是为了倾诉，倾诉心中的离情别绪、愁思与忧郁。

不过，也许她的心中，也曾经隐隐期盼过，或许有一天，她思念的人，会偶尔路过这个驿站、会偶尔看到她留在驿站墙壁上的思念？

《全唐诗》中，紧接着这首《题玉泉溪》的，是若耶溪女子的《题三乡诗》：

昔逐良人西入关，良人身殁妾空还。

谢娘卫女不相待，为雨为云归此山。

三乡，即三乡驿，是位于长安与洛阳之间的驿站，规模宏大，来往行人众多。这位家住会稽若耶溪的女子，当年跟随自己的丈夫一起西入函谷关，到长安城中居住，丈夫不幸身死，只有她孤零零地独自回家乡去，路经三乡驿，故地重游，物是人非，心中悲痛酸楚，难以自抑，于是化为文字，题于壁上——人总有倾诉的欲望，在倾诉之中，或可稍稍抚平心中创伤。

三乡驿是一个繁忙的大驿站，来往行人，读到这首感念身世、怀想亡去丈夫的诗，多有唱和者。陆贞洞《和三乡诗（会昌时有女子题诗三乡驿和者十人）》云：

惆怅残花怨暮春，孤鸾舞镜倍伤神。
清词好个人干事，疑是文姬第二身。

据说当年罽宾王得到一只美丽的鸾鸟，于是将它关在金笼子里，奉上精美的食物，鸾鸟对着这金笼美食，越发伤心，三年都不肯开口鸣叫。罽宾王的夫人说：“听说鸟见到同类就会鸣叫，为什么不挂一面镜子让它照一下自己呢？”罽宾王就按这个方法做了，结果鸾鸟见到镜子里的自己以后以为见到同类，便慨然悲鸣，展翅奋飞而死。这个典故后来演化为一个成语：“镜里孤鸾”，比喻夫妇生离死别的悲哀。“孤鸾”一词，由此也经常用来比喻失去丈夫的妻子，或者是失去妻子的丈夫。

湘驿女子在偏远的玉泉溪驿站的墙壁上，写下自己对昔日恋人的思念与重逢无期的忧伤。

若耶溪女子在繁忙的三乡驿站的墙壁上，写下自己对亡故丈夫的怀想与独自返乡的感伤。

生离与死别之中的相思之情，尽皆寄托于壁上笔墨，让千年后的我们，如同当年行经此地的路人一样，可以读到她们心中炽热的忧伤、沉郁的愁思。

离婚之后

东飞伯劳西飞燕

唐代婚姻制度，是有关于离婚的条例的。

按照《唐律》中“户婚”条例的规定，唐代婚姻关系的解除，有出妻、义绝、和离三种类型。第一，出妻，其实就是休妻。第二，义绝，如果夫对妻族、妻对夫族犯有殴杀罪、奸杀罪和谋害罪，经官府判定，即强制离婚，并处罚不肯离异者。第三，和离，也就是夫妻双方因感情不和，经互相讨论和协商，和平离婚。

刘长卿的朋友秦系，便与他的妻子离了婚。

秦系其人，大约生活在唐玄宗开元八年至宪宗元和五年间（720—810 年），越州会稽人，天宝末年，为避安史之乱，移居剡溪（浙江绍兴嵊州境内），自号东海钓客。后来又移居福建泉州南安，结庐九日山中，自号南安居士。期间地方主官屡次举荐他为官，他都不肯出仕，凿石为砚，批注老子《道德经》，终年不出。后又东渡秣陵（南京），卒于此地。南安人将他当年隐居的山峰，称为“高士峰”，在上面建了一个亭子叫“丽句亭”。

刘长卿为自己这位隐士朋友写了六首诗，他在《赠秦系征君》中写道：“**群公谁让位，五柳独知贫。惆怅青山路，烟霞老此人。**”既推崇秦系如同陶渊明一般安贫乐道的高洁品性，又叹惜他执意隐居深山、终老于烟霞中的选择。《酬秦系》与《赠秦系》二首，大致也是这个意思。

六首诗里，有两首都是关于秦系离婚一事的。

一首是《夜中对雪赠秦系，时秦初与谢氏离婚，谢氏在越》：

月明花满地，君自忆山阴。

谁遣因风起，纷纷乱此心。

秦初的妻子姓谢。唐人羊士谔有诗云：“**山阴路上桂花初，王谢风流满晋书。**”故而刘长卿此诗中，以“山阴”指代谢氏。明月之夜，飞雪如落花纷纷，在这雪夜里，秦系默默想念着远在越州的已经离婚的妻子谢氏，那风中纷飞的雪花，令得他心乱如麻。

这首诗里，可以看到，刘长卿对于秦系离婚一事，是饱含同情的，对于他的妻子谢氏，也十分尊重，以王谢之谢来指代——这或许也因为谢氏有可能真的是王谢之谢的后人，毕竟那是一个在西晋末年南渡之后便世居江南的庞大家族。

另一首是《见秦系离婚后出山居作》：

岂知偕老重，垂老绝良姻。

郗氏诚难负，朱家自愧贫。

绽衣留欲故，织锦罢经春。

何况蘼芜绿，空山不见人。

秦系原本是要与妻子白头偕老，没有料到垂老之际却不得不了断了这段美好姻缘。

秦系离婚的具体年月不可考，大概在大历五年（770 年）到建中元年（780 年）之间，也就是他五十岁左右。所以说“垂老”。

接下来的诗句，提到了郗氏。

郗氏，即郗道茂，王献之的原配妻子兼表姐，当时郗氏家族已渐渐没落，王羲之也已经去世，王献之夫妻相依为命、感情深厚，生有一女，可惜早夭。新安公主倾慕王献之，请求下嫁，王献之以艾草灼伤自己双足来拒婚，以至于后半生常患足疾，行动不便，但是无济于事，不得不忍痛与郗氏离婚。郗氏的父亲郗昙已死，她离婚后只好投奔伯父郗愔篱下，再未他嫁，生活凄凉，郁郁而终。王献之在离婚后曾给郗氏写过一封信，是为《奉对帖》：“虽奉对积年，可以为尽日之欢。常苦不尽触类之畅，方欲与姐极当年之足，以之偕老。岂谓乖别至此，诸怀怅塞实深。当复何由日夕见姐耶。俯仰悲咽，实无已已，惟当绝气耳。”《晋书》里的信件，内容与此稍有不同，但其中的无奈悲愤之情，实为一致。王氏家族世代信奉天师道，王献之临终时，按照天师道的教义，要忏悔自己的罪过，王献之说：他不觉得自己有什么放不下的罪过，唯有与郗氏离婚一事，耿耿于心，不能释怀。

秦系本不愿意像王献之辜负郗氏夫人那样辜负谢氏，但是又惭愧于自己就像朱买臣一样贫困，不敢拖累了谢氏。

朱买臣是西汉吴县（今属江苏）人，家贫无业，四十岁了仍然是个落魄儒生，平日里砍柴为生，一路卖柴一路高声背书，常引人嘲笑。其妻羞愧恼恨，坚持离婚，朱买臣劝解不成，只能同意。其妻离婚后再嫁，上坟时遇到朱买臣又冷又饿，便给他饭吃。汉武帝继位后，朱买臣通过官居中大夫的同乡严助，见到了汉武帝，武帝对他很是赞赏，封他为中大夫，朱买臣自此走上仕途。东越屡次反叛，朱买臣向汉武帝献平定东越的计策，获得采纳，于是出任会稽（郡治在今苏州市）太守。朱买臣上任后，看到他的前妻及丈夫在修路，就停下车，叫后面的车子载上他们，送到太守府，并安置在后园中，供给食物。过了一个月，他的前妻上吊而死。朱买臣给她丈夫银两，让他好好安葬。约一年后，朱买臣因平定东越叛乱的军功，升官为主爵都尉，列于九卿。数年后，朱买臣犯法被免官，不久复任丞相长史。后来因为诬陷御史大夫张汤事发，被汉武帝在长安处斩。

刘长卿在这里用了朱买臣这个典故，看起来似乎是在为老朋友抱不平。不过，从前后文来看，刘长卿应该并无指责谢氏之意，只是替秦系感叹家境贫寒、身处困境，所以相伴半生后，垂老之际，仍然留不住自己的妻子。

谢氏已经离去，留下的衣服，线都开了，秦系还舍不得扔掉；织到一半的锦缎，过了一个春天，仍旧摆在织机上。山上蘼芜已绿，却不见上山采蘼芜的人——汉乐府《上山采蘼芜》一诗，写的是一个被丈夫休弃的女子，上山采摘蘼芜香草时，遇到了自己的前夫，上前问好，又问新娶的妻子如何，前夫回答道，不论手艺还是容貌，新人其实都不如旧人。

《上山采蘼芜》一诗，讽刺的是男子的喜新厌旧。

刘长卿在这里，只采用了其表层的一重意思：上山采摘蘼芜香草的女子，遇到了自己的前夫。

他感叹的是，离婚之后，秦系已经见不到谢氏了，就像那山中蘼芜已绿，可以采摘，但是空山无人，无处重逢。

唐代婚姻风俗相对来说比较自由开放，包容宽和，颇有合则聚、不合则离的潇洒。敦煌莫高窟出土的一份唐代的《放妻书》中这样写道：

盖说夫妻之缘，伉俪情深，恩深义重。

论谈共被之因，幽怀合卺之欢。

凡为夫妻之因，前世三生结缘，始配今生夫妇。

夫妻相对，恰似鸳鸯，双飞并膝，花颜共坐；

两德之美，恩爱极重，二体一心。

三载结缘，则夫妇相和；三年有怨，则来仇隙。

若结缘不合，想是前世怨家。反目生怨，故来相对。

妻则一言数口，夫则反目生嫌。似猫鼠相憎，如狼羊一处。

既以二心不同，难归一意，快会及诸亲，

以求一别，物色书之，各还本道。

愿妻娘子相离之后，重梳蝉鬓，美扫娥眉，

巧逞窈窕之姿，选聘高官之主，弄影庭前，美效琴瑟合韵之态。

解怨释结，更莫相憎；一别两宽，各生欢喜。

三年衣粮，便献柔仪。伏愿娘子千秋万岁。

开头写夫妻和美之义，接下来写夫妇不和之实情，有如猫和鼠、狼和羊，无法再安居一室，因此不得不离婚，各归各路。结尾是丈夫对妻子的美好祝愿，希望离婚后的妻子好好打扮，嫁得如意郎君，琴瑟静好，再无怨憎。结束这桩不合适的婚姻，对他们夫妻两人都是好事，一别两宽，各生欢喜。末了还祝离婚后的妻子长寿安康。

这是一份温柔、宽容的离婚协议。女性有离婚的权利，再嫁也是常事；丈夫则欣然祝愿离婚后妻子能够过得更好。

从这份放妻书里，我们也可以看到，即使在唐代，离婚的主要原因，大多还是因为夫妻感情无法融洽——如果是其他原因，很可能就不是离婚，而是出妻或者义绝。

具体到本文的这个故事里，秦系和谢氏为什么离婚？也是因为夫妻感情不合吗？显然不是。

那么，具体是什么原因？

刘长卿赠秦系的诗中，有一首名为《秦系顷以家事获谤因出旧山每荷观察崔公见知欲归未遂感其流寓诗以赠之》：

初迷武陵路，复出孟尝门。

回首江南岸，青山与旧恩。

从这首诗的标题来看，秦系的家庭出了变故。具体什么变故，我们不得而知，只知道这个变故引起了世人的指骂，刘长卿在《见秦系离婚后出山居作》中说“朱家自愧贫”，实际指的恐怕不是秦系家境的贫困，而是他的家族所遭遇的困境。所以，这桩离婚案，最大的可能性，还是谢氏的家族为了与秦家切割开来，迫使谢氏与秦系离婚。

这个变故应该并不是秦系本人的过错，因为在此之后他还得到了一位姓崔的观察使的看重，刘长卿这些朋友们也对他多有同情与尊重。

离婚之后，秦系又重新娶了妻子。他的另一位朋友韦应物，在《送秦系赴润州》一诗中记载了这件事情：

近作新婚镊白髯，长怀旧卷映蓝衫。

更欲携君虎丘寺，不知方伯望征帆。

韦应物半开玩笑地道：老朋友你年纪大了，为了取悦新婚妻子，只好将白胡子都用镊子镊掉，可惜身上蓝衫怀中书卷都还是旧物。

可见，离婚后秦系新娶的妻子大概还比较年轻，所以韦应物才会取笑他镊去自己的白胡子。

秦系居住在若耶溪时写了一首《耶溪书怀寄刘长卿员外（时在睦州）》：

时人多笑乐幽栖，晚起闲行独杖藜。
云色卷舒前后岭，药苗新旧两三畦。
偶逢野果将呼子，屡折荆钗亦为妻。
拟共钓竿长往复，严陵滩上胜耶溪。

秦系和妻子为避安史之乱移居剡溪，离婚后才回到若耶溪（浙江绍兴境内）旧居。

所以，秦系在若耶溪寄给刘长卿的这首诗中，“屡折荆钗亦为妻”，折荆枝为钗，所赠的应是他后娶的妻子。

在经过被迫与谢氏离婚的沉重打击之后，秦系此时已经恢复过来，有了新的生活，与新妻子感情和睦，乐在其中。

在这个“离婚”的故事里，谢氏是不曾出场的女主角。

秦系的后半生，从他和刘长卿等人的诗作中，大略可以概括出来，是恬淡平和的隐士生涯。

谢氏的后半生，我们却已找不到记载。

唯愿谢氏也如秦系一样，在无奈的分离之后，能够有平静安详的生活。

不论是缘尽还是情尽，一别两宽，安度余生。

征夫的妻子

羽林过尽郎不归

初唐及盛唐时实行府兵制，平时为民，战时为兵，兵民合一，所以从军出征者人数众多，与征人相关的诗篇也比比皆是。闺中少妇对征夫的思念，便是常见的主题。

山水田园派诗人王维，同样也书写了这一个时代主题：《羽林骑闺人》。

秋月临高城，城中管弦思。
离人堂上愁，稚子阶前戏。
出门复映户，望望青丝骑。
行人过欲尽，狂夫终不至。
左右寂无言，相看共垂泪。

王维此诗，开篇即说：“秋月临高城，城中管弦思。”望月而怀远，寄思念于弦管之中；因为出征者的众多，城中似乎尽是这声声管弦之思。李白则说：“长安一片月，万户捣衣声。”闺中人寄托思念的方式不同，在这如霜月色之下，长安城中弥漫的皆是满满的思念之情。

王昌龄笔下的闺中少妇，天真烂漫，不识愁滋味，“**春日凝妆上翠楼**”，见到楼前眼底的明媚春光、杨柳青青而生出缠绵思念，也不过是懊恼不该让夫婿远行从军、辜负了这大好春光——“**忽见陌头杨柳色，悔叫夫婿觅封侯。**”

汉唐时代，一般而言，非军功不得封侯，所以李广名盛一时，威震匈奴，军功不足仍不得封侯；苏武牧羊十九年，节气彪炳千古，归来时不得封侯，直至参与拥立汉宣帝，始封关内侯。李贺则说，欲求万户侯，“男儿何不带吴钩，收取关山五十州。”故笔者以为，此处“觅封侯”，基本上可以与从军立功等同。

王维笔下的这位闺中思妇，更为年长成熟一些，膝下已有稚子。“**离人堂上愁，稚子阶前戏。**”——以阶前那自在游戏、无忧无虑的天真稚子作为参照，则更见堂上思妇的忧郁与愁思。

她的愁思中，是否有着对自身命运的忧虑？毕竟，哪怕在婚姻风俗比较开放的唐代，失去自己的丈夫，对于女子而言，仍然是命运的极大打击。

她的愁思中，是否更有着对稚子命运的忧虑？即使在今天，单亲妈妈要抚养孩子，一般而言，难度也显然要大于双亲家庭。

因为多了这懵懂无知的稚子，王维笔下这位闺中人的思念与忧愁，便显得尤为沉郁，让读者更多了对这位闺中人的命运的担忧，更期盼她思念的人能够平安归来。

“出门复映户，望望青丝骑。”——出征的军队归来了，千家万户迎门而候。于国而言，是欢迎将军凯旋；于家而言，是迎接征人回家。行进的军队，马头攒动，人头攒动，络绎不绝。街道两侧的人群，热切地寻找着辨认着自己亲人的面孔。王维笔下这位闺中人，自然也不例外。

可是，倚门而望，眼看着一张张面孔过去，眼看着队伍已到尽头，她期盼见到的那张面孔，却始终未曾出现——**“行人过欲尽，狂夫终不至。”**

她称自己的丈夫为“狂夫”，或许她的丈夫，本来就是一个性情奔放的男子，所以她称之为“狂夫”。这是个且笑且骂的亲昵称呼。《诗经》中那个扬着头笑骂“狂童之狂也且”的女子，仿佛便是这闺中人的年少之时，骄傲又嫌弃的口吻之中，暗藏着多少情意？

所以，这位闺中人，对丈夫的思念，不仅仅是因为丈夫是她极其重要的人生依靠吧？也更因为，那是她爱的人。

现在，她深爱的人，再也不能回来了。

唐代边塞诗中，屡见不鲜的另一个主题，便是死亡。

面对死亡，豁达者举杯痛饮：**“醉卧沙场君莫笑，古来征战几人回！”**（王翰《凉州词》）；悲悯者掩面长叹：**“可怜无定河边骨，犹是春闺梦里人。”**（陈陶《陇西行》）；志气昂扬者则视死如归：**“相看白刃血纷纷，死节从来岂顾勋。”**（高适《燕歌行》）；**“报君黄金台上意，提携玉龙为君死。”**（李贺《雁门太守行》。）

杜甫笔力雄厚，于此尤能重击人心：抨击穷兵黩武造成的巨大伤亡，是“**边庭流血成海水，武皇开边意未已。**”（《兵车行》）；悲愤难以自抑地书写陈陶之战唐军的惨烈战况，是“**孟冬十郡良家子，血作陈陶泽中水。野旷天清无战声，四万义军同日死。**”（《悲陈陶》）。

这个主题，比起思念的主题来，显然分量要沉重得多，震撼人心的力量也要强大得多。

王维此诗中，另一个主角的死亡，将全诗情感与气氛，推到了最高峰，便如乐曲到了最高潮，接下来往往应是情感的大爆发。

然而，王维至此，笔锋忽然一转，没有写闺中人的悲痛欲绝，也没有写稚子的嘶号哭喊，静默的画面中，只有闺中人身边的仆从亲友们，为她那深沉到难以呼吸、更沉重到无力哭泣的悲痛，静静垂泪——“**左右寂无言，相看共垂泪。**”

巨大的悲痛，有着巨大的感染力。以旁人之悲，来侧写主角之难以直接用语言描写的悲，从而留下更大的想象空间。

王维善画，论者称其开创了“文人画”，苏轼评论说其“诗中有画，画中有诗”，其诗中的画面感，时人与后人，多有论及。这首诗的结尾，颇似画技中的“留白”——唯留白才有想象的空间，从而拓展画中未尽之意。

王维也擅音律。这首《羽林骑闺人》，起承转合之间，俨然便是一首背景宏大壮观、细节细腻真实、情感真挚充沛、节奏抑扬顿挫的叙事乐曲。

音乐与绘画，融汇于诗句之中，短短十句，便如一幕情景音乐短剧，描绘了月下长安城中的声声弦思，描绘了千军万马凯旋的盛大场景，而在这样的宏大背景之下，勾勒出一个只闻其名不见其人的性情奔放的男主角，一群富有同情心、善于体贴人心的配角，一个蹦蹦跳跳、不识愁滋味的稚子，然后，间接描绘出男女主角曾经的美好热恋，烘托出女主角那真挚热烈的情感、深沉又忧郁的思念。

直至死亡到来。

这是全剧的高潮，也是全曲的高潮。

当此之时，画面与乐声，忽而停顿。只留下轻细微小如不可闻的箫声，如泣如诉，牵着听者与观者的心，一线线高起，一步步低沉。

此时无声，胜有声。

李白的妻子

日月灿烂掩星汉

天才的伴侣，常常要承受很多普通人的伴侣不必承受的重负。

诗人的伴侣，往往也是如此。

天才诗人的伴侣，要承受的或许是双倍的重负。

而天才的大诗人如李白，他的妻子，要承担的便更多更重了。

李白二十五岁离开家乡蜀地，“仗剑去国，辞亲远游”。此后再也没有回过家乡。

出川之初，李白结识了当时的道教领袖之一司马承祯，司马承祯对李白极其赞赏，称李白“有仙风道骨，可与神游八极之表”，李白则赠以《大鹏遇稀有鸟赋》，这是李白第一篇广为传诵的作品——时人绝对没想到这篇赋只是李白文坛之路的一块踏脚石，后面的作品是一山更比一山高，以至于大家经常不太想得起这篇赋了。

司马承祯不但是有名的道士，也是有名的诗人，李白就此踏入了他的文学圈子，这个圈子里的主要成员后来被称为“仙宗十友”，即司马承祯、陈子昂、卢藏用、宋之问、王适、毕构、李白、孟浩然、王维、贺知章。李白后来与孟浩然的相识相知，贺知章称李白为“谪仙人”的推崇赞许，应该都与司马承祯有几分渊源。

李白出川之后，先往扬州等地游历，之后折返至楚地，与孟浩然结识。

一般认为，李白是在孟浩然的介绍之下，在襄阳与许氏结婚。这一年是开元十五年（727 年），李白二十六岁。

许氏的祖父许圉师是安陆（今湖北安陆）人，唐高宗时曾经当过宰相，死后陪葬乾陵（唐高宗与武则天合葬之陵，唐陵中唯一没有被盗的一座）。《新唐书·宰相世系三》称许圉师有三子许自牧、许自遂和许自正（任泽州刺史）。古人云：“君子之泽，五世而斩。”又云：“富不过三代。”从许圉师的儿子这一代来看，能够有一个刺史显然这个家族还没有到真正败落的时候，而许圉师的六世孙许浑，则是晚唐时期著名诗人。

李白与许氏结婚后，定居于安陆。

这桩婚姻中，李白实际上是入赘于许家，如李白自己在《上安州裴长史书》所说：“**而许相公家见招，妻以孙女，便憩迹于此，至移三霜焉。**”——许相公家招他为婿，将孙女嫁给了他，于是移居于安陆，至今已历三年了。

学者查屏球在《唐人婚姻习俗与李白成名前的家庭生活》一文中考证说：初盛唐时贵族高门有招才俊之士为婿的风尚，这些娶了高门仕女的才俊之士，“夫随妻居”，或者“夫居妻家”“寄室妻家”，是他们在出名或者出仕前的一种生活方式；他们同时承担了为妻家争得荣誉、提升妻家的社会地位和门户声望的责任；因此，可以从这个角度判定李白的组诗《寄远十二首》便写于安陆时期，反映了他在外游历时对妻子的思念，以及妻子去世后的悼念之意。

这位许氏夫人，给李白生下了一儿一女，儿子取名为伯禽，这是周公旦的长子、第一任鲁国国君的名字，李白拿来做自己长子的名字，可见寄望之深。当然，怀疑李白是太子李建成或者齐王李元吉后人的研究者，也有理由怀疑李白为长子取名“伯禽”或许另有深意。

李白的长子，还有一个小名，叫做“明月奴”。大概因为李白太钟爱明月？所以用自己钟爱的事物来给儿子起个小名。

许氏夫人所生的女儿，起名为平阳。

汉景帝的女儿、卫青的妻子，封号平阳；大唐开国之际，高祖李渊也有一个女儿封号平阳，率七万大军，征战有大功，所驻守的关隘因她而命名娘子关，死后以军礼下葬——这也是中国历史上唯一以军礼下葬的公主。

作为唐人的李白，为自己的女儿起名平阳，也是寄望甚深啊。

李白与许氏夫人的感情应该挺不错。这一点不仅仅反映在《寄远十二首》中，从李白对伯禽与平阳的思念中也可以看得出来：“……娇女字平阳，折花倚桃边。折花不见我，泪下如流泉。小儿名伯禽，与姊亦齐肩。双行桃树下，抚背复谁怜？念此失次第，肝肠日犹煎。裂素写远意，因之汶阳川！”（《寄东鲁二稚子》）。安史之乱时，李白一个门人武谔曾试图替李白将处于战乱区的伯禽带出来，李白很是感激，作《赠武十七谔》一诗，序言中说：“余爱子伯禽在鲁，许将冒胡兵以致之，酒酣感激援笔而赠。”这里只提到伯禽，没有提平阳，是因为平阳刚出嫁不久就早逝了。

只是，天才狂放的李白，委实不是一个宜室宜家的好丈夫。

首先，李白爱酒如狂，随时随处皆可饮。他自嘲说：“酒隐安陆，蹉跎十年。”（《赠钱征君少阳》）山中遇隐士，便“两人对酌山花间，一杯一杯复一杯”（《山中与幽人对酌》）；花间无人相伴，便“举杯邀明月，对影成三人”（《月下独酌》）；春夜与兄弟们宴于桃花园，则“开琼筵以坐花，飞羽觞而醉月”（《春夜宴从弟桃花园序》）；喝醉了就地睡倒，“醉来脱宝剑，旅憩高堂眠”（《冬夜醉宿龙门，觉起言志》）；在友人家里投宿时自然要饮酒为欢，一醉方休，“欢言得所憩，美酒聊共挥。长歌吟松风，曲尽河星稀。我醉君复乐，陶然共忘机。”（《下终南山过斛斯山人宿置酒》）……

旁人眼中，举杯畅饮的李白，是“斗酒诗百篇”的才气纵横，是“天子呼来不上船，自称臣是酒中仙”（杜甫《饮中八仙歌》）的潇洒肆意。

但是这样的纵酒，对于家中的妻子来说，就不是一件美妙的事情了。

还有研究者认为，李白因为纵酒，对子女的身心健康都有不利的影响，主要理由之一，便是伯禽寂寂无闻、半点也没有遗传到李白的天才——不过这个理由其实不太能成立，诗人从来不是培养出来的，更不是能够遗传的。

李白因为自己的爱酒如狂，对妻子许氏是深怀歉意的。

他给许氏写了一首《赠内》：“**三百六十日，日日醉如泥。虽为李白妇，无异太常妻。**”——我一年到头总是喝得烂醉如泥，你虽然是我李白的夫人，但是同那个整天都不顾家的周太常的妻子又有何不同呢！

太常，这里指的是东汉时掌管天子礼乐祭祀事务的太常周泽，周泽也嗜酒如命，祭祀之前又总要斋戒，因此常年待在斋宫之中，其妻怜他年老，前去看他，周泽大怒，将妻子收送诏狱谢罪。

李白这种常年到处喝酒、总是不在家的情形，放在今天，差不多可以叫作“丧偶式婚姻”了。

也无怪乎他写给妻子的这首诗里，有几分歉疚，有几分心虚。

不过同时又有几分轻快的调侃与被偏爱的肆意。

其次，李白是个挥金如土的豪放性格。

他在《上安州裴长史书》中回忆自己初出蜀中、东游扬州的情形时说：

曩昔东游维扬，不逾一年，散金三十余万，

有落魄公子，悉皆济之。此则是白之轻财好施也。

扬州的繁华富丽，隋唐以前便已经闻名。南朝宋人殷芸的《小说》一文中说：“有客相从，各言所志：或愿为扬州刺史，或愿多资财，或愿骑鹤上升。其一人曰：‘腰缠十万贯，骑鹤上扬州’，欲兼三者。”南朝时人已将扬州视为天下繁华地，心心向往之。唐代扬州为大运河中枢，“广陵当南北大冲，百物所集”（《唐会要》卷86），“江淮之间，广陵大镇，富甲天下。”（《旧唐书》卷182）。《元和郡县志》称：“扬州与成都号为天下繁侈，故称扬、益”。时人称“扬一益二”，也就是说，天下最繁华的都市，第一是扬州，第二是益州，也就是成都。

所以，扬州是那个时代的销金窟。

身处最繁华的都市，又是挥金如土、喜欢呼朋唤友纵酒为乐的豪放性格，李白可能自己都没意识到花了多少钱，囊中重金，便已经如水泻出。

唐代货币制度大致是铜币一个称为一文，一百个铜币为一钱，十钱为一两银子，十两银子为一金。后人统计，盛唐时的物价大约是斗米20文、普通生绢470文一匹、铁锄头50文一把、普通酒约150～300文一斗。

算一算李白在扬州一年，挥霍掉的三十余万金，这是一个惊人的数目。

李白在《将进酒》中说：“千金散尽还复来。”他是真的曾经散尽了数十个千金的。

常年喝酒的李白，仅仅是这一项开支，就很惊人。他自己说：“**颜公二十万，尽付酒家钱。兴发每取之，聊向醉中仙。**”（《赠宣城宇文太守兼呈崔侍御》）——我的钱，都存到酒家了，想喝的时候径直去喝，喝到沉醉，飘飘欲仙。

普通酒大约300文一斗，至于上等美酒，唐人诗中常以斗酒十千来描述，十千即是一金。李白说“**金樽清酒斗十千**”（《江上吟》）、“**斗酒十千恣欢谑**”（《将进酒》），他未必常喝此等美酒，但以爱酒人的性格来讲，恐怕很难不追求这等美酒。

喝酒喝到高兴了，“**五花马，千金裘，呼儿将出换美酒。**”（《将进酒》）这也是爱酒人的通病。贺知章初见李白，相逢恨晚，两个爱酒人自然要一道去喝酒，贺知章随身带的钱不够，于是解下腰间佩的金龟来换酒——金龟，是高级官员的配饰，因此世人又有“金龟婿”一说，指的便是身居高位的乘龙快婿。

李白在《对酒忆贺监二首》里记载了这个“金龟换酒”的故事：“太子宾客贺公，于长安紫极宫一见余，呼余为‘谪仙人’，因解金龟，换酒为乐。”

贺知章只是一时不方便，用金龟换酒，过后便可以赎回来。但是“主人何为言少钱”的当头，拿出去换酒的五花马千金裘，多半是回不来了。

这个时候，家里的妻子一定非常恼火。

遇上挥金如土的朋友，大家都欢迎。

遇上挥金如土的丈夫，妻子们大约总要忧心忡忡、恨不能伸手掐住那个漏底的钱袋。

最后，李白的豪侠精神，极为突出。

《新唐书》中说，李白“喜纵横术，击剑，为任侠，轻财重施。”

李白在《与韩荆州书》中说自己：“十五好剑术，遍干诸侯。”在《酬崔五郎中》中自云：“起舞拂长剑，四座皆扬眉。”据称他后来曾经向当世第一剑术高手左金吾大将军裴旻学剑。崔宗之在《赠李十二白》中云：“袖有匕首剑，怀中茂陵书。双眸光照人，词赋凌子虚。”则李白爱好剑术，必然给时人留下了很深的印象。

年轻的李白，在扬州城里散尽三十余万金后，去向时任襄阳县尉的堂兄李皓求助，写了一首《赠从兄襄阳少府皓》，诗中说自己“结发未识事，所交尽豪雄……托身白刃里，杀人红尘中”。——我少年时代就喜欢结交那些豪侠人物，行侠仗义，出生入死。唐人魏颢（李白的崇拜者）所作《李翰林集序》云：李白“少任侠，手刃数人”。

李白作《侠客行》，对于那位“十步杀一人，千里不留行。事了拂衣去，深藏身与名”的侠客，心向神往。而他自己，和朋友叙旧时，也曾兴致勃勃地回忆当年杀出五陵恶少重围的往事：“风流少年时，京洛事游遨。腰间延陵剑，玉带明珠袍。我昔斗鸡徒，连延五陵豪。邀遮相组织，呵吓来煎熬。君开万丛人，鞍马皆辟易。告急清宪台，脱余北门厄。”（《叙旧赠江阳宰陆调》）

李白的任侠，多是在少年时。婚后的诗文中，很少再见到此类描述。

不过，江山易改，本性难移。

作为朋友，可以与李白一起仗剑任侠。

作为妻子，恐怕更多的还是焦虑与担忧。

李白与许氏只一起生活了大约十年时间，许氏便病逝了。

许氏既逝，李白在安陆也住不下去了。他移居山东，此后还有两次非正式的婚姻，一次正式的婚姻。魏颢在《李翰林集序》中记载：“白始娶于许，生一女，一男曰明月奴。女既嫁而卒。又合于刘，刘诀。次合于鲁一妇人，生子曰颇黎。终娶于宋（宗）。”

按后人的考证，天宝元年（742 年），李白在亲友的撮合下，和一个姓刘的寡妇草草结婚。可能婚礼不太正式，所以魏颢说“合”而非“娶”，但是李白自己还是视刘氏为妻子，这一点在他的诗中可以看到。

刘氏是个文化程度不高的普通妇人，对李白的名气抱有很高期望，但是迟迟不见这名气变现为富贵，于是很不满。不久，李白得到唐玄宗召他入京的诏书。他异常兴奋，满心以为实现政治理想的时机到了，立刻回到南陵（一说在东鲁，曲阜市南有陵城镇，人称南陵；一说在今安徽南陵县）家中，打点行装准备出发，作《南陵别儿童入京》一诗，诗中云：“会稽愚妇轻买臣，余亦辞家西入秦。仰天大笑出门去，我辈岂是蓬蒿人。”

从李白的角度，从读者的角度，奉诏入京的李白，此时此刻的仰天大笑，自然是大快人心的打脸。

不过从刘氏这个普通妇人的角度来看，她的抱怨，其实也情有可原。

普通人对生活的理解与要求，与天才是不一样的。

今人说，三观不合，没法共同生活。

刘氏与李白，的确不是同一路人，因此，即使生活在一起，到底还是维持不下去。

刘氏与李白断绝关系，具体在什么时候，说法不一。有的说是李白在入京之前就与刘氏断绝了关系。也有的说法是：李白满怀抱负入京，却郁郁不得志，只被视为御用文人，不久便被“赐金还山”，刘氏大为失望，于是离李白而去。

不管哪一种说法，刘氏大概是主动离李白而去的，因此魏颢说“刘诀”——刘氏与李白诀别，而不是“与刘诀”——李白与刘氏诀别。

于唐代的风俗而言，这次诀别，可说是“一别两宽，各生欢喜”。

双方都不用再勉强自己了。

抛弃朱买臣的那个会稽愚妇，在朱买臣穷困潦倒时，还和后来的丈夫一起给过他饭吃。朱买臣任会稽太守后，如果没有将前妻夫妇都带回到自己府中后院来供养，让他们在周围人的异样目光、窃窃指点之中生活，这个普通的妇人，未必会在撑了一个多月后到底撑不下去了、最终自杀身亡，而更可能像刘氏一样，重新开始过自己的普通生活。

在刘氏之后的那位“鲁一妇人”，事迹不详。有人认为李白《咏邻女东窗海石榴》一诗中的“邻女”，可能就是这个为李白生了次子颇黎的鲁女，并且李白对这个女子很有爱慕之心，以诗为证：“**鲁女东窗下，海榴世所稀。珊瑚映绿水，未足比光辉。清香随风发，落日好鸟归。愿为东南枝，低举拂罗衣。无由共攀折，引领望金扉。**”这首诗既是写邻女窗下的石榴，也是写那个美丽的邻女，诗人恨不能化身为那石榴枝，可以低下枝丫，轻轻拂拭邻女的衣裳；望而不得，于是只能翘首凝望那华美的窗扉。

也有研究者认为，这首诗作于开元二十五年（737年），所以肯定不是写给刘氏之后的那位“鲁一妇人”的。诗的主题，也不是思慕邻女，而是“**君子在野，思见君子尽心事之**”（萧士赟《分类补注李太白诗》），也就是说，诗中的邻女，并不是真的“邻女”，而是香草美人之思中的“美人”，身处江湖之远的君子，思慕君王便如思慕美人一般，期望美人垂青，实际上是期望君王的垂青与任用。

这么一分析，难得看到的李白心中那份浪漫爱情，荡然无存。

不过，个人觉得，这首石榴诗，更可能还是李白写给他思慕的邻女的。

有句话说，人无法掩藏两件事情：爱情与贫穷。

是写给君王的期盼，还是写给姑娘的思慕，其中的情感表达，在李白的笔下，是不太可能出现偏差的。

在《长相思》里，“**卷帷望月空长叹。美人如花隔云端！**”那缥缈的云端美人，显然是高高在上的君王的象征。对美人的相思，虽然是“摧心肝”，但总也带着一份距离感。

在《怨情》之中，**“美人卷珠帘，深坐颦蛾眉”**，这里的美人虽然是实指的美人，但李白显然是旁观者的视角。

然而在这首石榴诗中，我们看到的，却是李白那份热切而真挚的本心。

也许李白第三次婚姻的对象——“鲁一妇人”，就是这个他思慕的邻女。

这个鲁女，为李白生下了次子颇黎。

颇黎这个名字，研究者认为可能是来自西域吐火罗国的颇黎山，山中富藏水晶，唐人称水晶为“颇黎”（《册府元龟》），开元二十九年（741年）三月，吐火罗国遣使献红颇黎、碧颇黎、生玛瑙、生金精及质汗等药。后来《本草纲目》里也录了这味药，说“其莹如水，其坚如玉，故名水玉。”

名为颇黎的天然水晶，是珍贵的宝物，可以让吐火罗国采来作为进献大唐的贡品。

一般认为，李白生于西域碎叶城，五岁时才随家人回到中原。他很可能幼年时便已知晓颇黎。即使如一部分研究者所认为的，李白生于中原，不过在胡商众多的唐代，李白从胡商胡人处知晓颇黎，也很正常。

晶莹剔透的天然水晶，如明月一样皎洁光亮。

李白的长子，小名明月奴。

他为次子起名颇黎，既是将次子视同这天然宝物一样珍贵，大约也有喜爱这明月般的宝物的缘故。

如果颇黎的生母真的是那位石榴花下的邻女，从他的名字里，也可以看到，李白对那位邻女的确曾有过真切的思慕。

可惜的是，次子颇黎只在魏颢的记载中出现过，在李白笔下和其他人的笔下，都未曾出现，生平经历，再无考证处，因此也有人怀疑其真实性。这就使得颇黎的生母、这个连姓氏都没有留下的鲁女，存在感更低了，更无从得知她是否便是那石榴花下的邻女。

这个鲁女，便如那骄阳身畔的小小星辰。

在骄阳的光辉里，世人是看不到这一点细微星光的。

李白最后娶的是宗氏夫人——实际上这还是一次入赘。

李白奉诏进京，又被“赐金还山”之后，便开始了以开封为中心的长年漫游的日子，这便是他自己所说的“**一朝去京国，十载客梁园**”（《书情题蔡舍人雄》）的时期。梁园位于西汉梁国都城睢阳（今河南省商丘市睢阳区），为梁孝王刘武所建，是以邹阳、严忌、枚乘、司马相如、公孙诡、羊胜等为代表的西汉梁园文学主阵地，后世文人词客多有游览吟诵之作，李白即有《梁园吟》一诗。

李白在客居开封之时，同定居于此地的已故宰相宗楚客的孙女举行了婚礼，做了宗家的招赘之婿。

宗楚客是武则天堂姐的儿子，三度为相，曾因贪赃枉法被流放岭南，最后一次为相，是因逢迎韦皇后及武三思而得来的，所以李隆基起兵诛灭韦后集团时，将宗楚客也一并处死了。

宗楚客在朝在野的声名都不怎么样。他的家族，后来定居于开封。大致说来，这是一个不太体面、半没落的贵族家庭。不过相对于普通平民来说，他们还是有一定的社会资源与地位的。

据说这段婚姻的成就，还有一个“千金买壁”的故事。

天宝三年（744 年），李白失意地离开长安，在洛阳遇到神交已久的杜甫，相见恨晚，相偕游览梁园，在梁园又遇到另一位著名诗人高适，三人携手同游，饮酒作诗，酒酣之际，李白在墙上留下了《梁园吟》一诗，咏怀古人，感慨自身，抒发济世安民之志向，以“**歌且谣，意方远，东山高卧时起来，欲济苍生未应晚**”结尾，酣畅淋漓。

李白三人尽兴而去时，游园的宗氏也要归家，路经此地，首先被壁上龙飞凤舞的书法吸引，大为赞赏，立即向僧人提出以一千两买下整面墙壁。

宗氏被李白题在壁上的书法所吸引，是很合乎情理的。

始见其字，再识其文，李白此时，诗名又早已传扬天下，也就无怪乎宗氏爱才心动。

梁园中的僧人不识货，要将被写脏的墙壁重新粉刷，宗氏愿以重金买下这面墙壁，留下了李白的这首诗，是谓“千金买壁”。

知音难觅，何况是红颜知己？

一面是宗氏爱才，一面是李白感动。

这一番佳话，让李白的朋友们十分热心地撮合了这段姻缘。

李白与宗氏夫人的感情，又不同于年轻时与许氏夫人的感情，更多了几分历经世事、成熟沉淀后的志同道合。

这个时期，李白仍然常年漫游在外，在秋浦时，看到主人家的燕子归来，感慨自己不能如燕子一样归家，写诗给妻子倾诉思念之情：“岂不恋华屋？终然谢珠帘。我不及此鸟，远行岁已淹。寄书道中叹，泪下不能缄！”（《秋浦感主人归燕寄内》）。他又以妻子的口吻写了《自代内赠》一诗，描述两人聚少离多、妻子怀念自己的情形，以妻子对自己的相思之情，侧写夫妻感情之深厚，以及不得不长年分离的无奈：“鸣凤始相得，雄惊雌各飞。游云落何山？一往不见归。”

有的研究者说，李白虽然与宗氏感情和谐，却常年不归家，是因为他与宗家的其他人难以相处，所以李白的子女，一直留在山东，没有接到开封来。

不过，李白终其一生，都在四处奔波，寻找能够让他一展抱负的机会。他的漫游、分离与思念，恐怕更多还是他自己的选择。

天宝十四年（755 年），在李白五十四岁时，安史之乱爆发，唐玄宗仓皇之间逃往成都。李白也上了庐山避难。不久，宗氏为躲避战火，也到了庐山。

当时玄宗的儿子永王被避难蜀中的唐玄宗封为山南东路、岭南、黔中、江南西路四道节度使，任江陵郡大都督，坐镇江陵（今湖北荆州），招兵买马，数次派人征召名满天下的李白入幕。李白是否意识到永王的政治立场有风险，这个不太好确定。但是无论他意识到没有，到底还是太想要一展抱负了，终究没有抵挡住这个诱惑，接下了永王的征召。

临行前他写了《别内赴征》三首赠给宗氏。

第一首是写自己应诏出山，妻子在家中恐怕要常登望夫山了：“**王命三征去未还，明朝离别出吴关。白玉高楼看不见，相思须上望夫山。**”

第二首则是写宗氏对李白此行的担忧，希望他早日归来，李白则用调侃的方式说，他归来时倘若能够佩得黄金相印，让妻子可不要学苏秦的妻子那样觉得太庸俗了，不屑于停下织机来看一看：“**出门妻子强牵衣，问我西行几日归？归时倘佩黄金印，莫学苏秦不下机。**”

宗氏为什么希望李白早早归来?

也许是因为，宗氏的家族是经过巨大的政治风波的，败落之后对于世态炎凉、人心冷暖也看得很多，所以她可能比李白更具有政治敏锐性，她更早地意识到，永王与已经在灵武继位、统率平叛大军的唐肃宗有潜在的利益冲突，这是很致命的危险。

所以她才希望李白不要卷入太深，早早归来。

《别内赴征》第三首则是想象宗氏在家中的思念：“**翡翠为楼金作梯，谁人独宿倚门啼？夜坐寒灯连晓月，行行泪尽楚关西。**”宗氏倚门而望，独宿无眠，泪水不尽，坐望孤灯到天亮。

宗氏的思念里，或许还有深深的担忧吧。

李白入永王幕府之后，一度也曾意气风发，作《永王东巡歌十一首》，其中有“永王正月东出师，天子遥分龙虎旗”“三川北虏乱如麻，四海南奔似永嘉，但用东山谢安石，为君谈笑静胡沙”“南风一扫胡尘静，西入长安到日边”等语，希望自己能够像谢安指挥淝水之战胜利，稳定东晋王朝一样，运筹帷幄，一举荡平叛军，立下不世之功。

研究者对永王是否真的有叛乱之心，是有争议的。反对者认为，永王是奉玄宗诏令镇守江陵、出师东征，并非擅自出兵，后来唐代宗还为永王平反了，又以左拾遗的职位征召李白，只是李白那个时候已经去世。赞成者则认为，永王有仿效东晋在江南另立朝廷的意图，李白以谢安自居，这说明李白本人恐怕也已闻其事。

不论永王是否真有叛乱之心，客观来说，他的存在与实力的增长，的确对唐肃宗形成了威胁。

很快，永王被打成“叛逆”之后战死，李白也因为“从逆”而被捕，关押在浔阳（今江西九江）大狱里。

从逆是重罪，李白又声名极盛，万目所指，难以脱身，朝野之中嚷嚷着要处死李白的大约不在少数。

杜甫那时极为担忧李白的处境，作《不见》一诗：“不见李生久，佯狂真可哀。世人皆欲杀，吾意独怜才。敏捷诗千首，飘零酒一杯。匡山读书处，头白好归来。”

木秀于林，风必摧之。

李白有多受世人的热爱，也就有多受某些人的嫉恨与诽谤。

我们能够读到杜甫的担忧，而宗氏在家中的焦虑与担忧，却只能猜度与想象了。

李白最终能够脱险，仅仅是被判处流放夜郎，按《新唐书·李白传》的说法，是因为郭子仪的说情：“初，白游并州，见郭子仪，奇之。子仪尝犯法，白为求免。至是，子仪请解官以赎。有诏长流夜郎。”

李白曾经救过郭子仪，所以郭子仪要知恩图报。

郭子仪是平定安史之乱的主将，身系大唐安危二十年的定海神针。他的求情，有着举足轻重的作用。

宗氏的力量，不能与郭子仪相比，但是她仍然为营救李白出狱而不避风险地东告西求，李白被流放夜郎时，宗氏与其弟还专程前来送别。

这是患难之中的真情。

流放途中，李白作《南流夜郎寄内》一诗：“夜郎天外怨离居，明月楼中音信疏。北雁春归看欲尽，南来不得豫章书。”

当时宗氏住在豫章郡，即洪州（今江西南昌）。李白写自己在远方对妻子的思念，写妻子在明月楼台中的孤独，天长地远，音信不通，春来大雁北飞，却不能带来妻子的书信。

在寂寞凄清的流放途中，李白的心灵也变得脆弱。

诗中既是对妻子的思念与依恋，也有着不得不远别的内疚。

好在不久便遇上了天下大赦，李白也得以赦还，出川途中，他振奋不已，留下《早发白帝城》一诗，“**轻舟已过万重山**”，恰是他此时轻松如飞的心境的写照。

李白与宗氏，在豫章重逢。

但是李白并没有就此在豫章定居，而是送宗氏前往庐山。

庐山是道教圣地，当时有一位著名的女道士李腾空就隐居在这里。

李腾空是玄宗时期的宰相李林甫之女，虽然出身富贵，却因慕仙道而入山修真。此时居于庐山北凌云峰下。多年苦修，道成之后，常常为人救苦疗疾，声望很高。李腾空后来备受唐德宗敬重，在她仙逝后，德宗下诏，将她的居所改建为昭德观。

宗氏信奉道教，这大概也是她与李白情投意合的一个重要原因。李白本人不但信奉道教，经常学道，天宝三年（744 年）冬天，他还在齐州（今山东济南）紫极宫，由北海道士高如贵传授道箓，成为一名有道籍的正式道士。

李白陪同妻子翻山越岭，去拜访李腾空，寻师求道，并作《送内寻庐山女道士李腾空二首》。

其一曰：“**君寻腾空子，应到碧山家。水舂云母碓，风扫石楠花。若爱幽居好，相邀弄紫霞。**”这是写隐居之地的清幽。

其二曰：“**多君相门女，学道爱神仙。素手掬青霭，罗衣曳紫烟。**

一往屏风叠，乘鸾著玉鞭。”李腾空与宗氏，都是相门女，但都选择了学道求仙，隐居山林。

郭沫若认为，李白此时“已年逾六十，因过分失意而迅速衰老，对于道教的迷信已逐渐破除。然而宗氏则愈益醉心隐逸，看来他们两人可能是在那时做了情投意合的最后诀别”。

从已有的资料来看，宗氏的文化素养比较高、个性较为坚强独立。

经历了重重波折之后，她最终选择了求道之路，与李白相忘于江湖。

对于李白而言，他与宗氏，在精神上的契合，或许是更上层楼。

但是这精神上的契合，是来自于宗氏此时日益坚定的寻道之心，从而又使他们在现实中分离。

宗氏从李白背后离开了，就此隐没在世人的目光之中。

李白晚年，依附于自己的族叔、当涂县令李阳冰，最终病逝于当途，葬于此地。

这时，距离他遇赦而还、送宗氏入山求道，不过一年时间。

传说中，李白是醉酒时投水捉月而亡。

多年以后，白居易路经李白墓，无限感慨：“**采石江边李白坟，绕田无限草连云。可怜荒垄穷泉骨，曾有惊天动地文。但是诗人多薄命，就中沦落不过君。**”

白居易感慨李白“薄命”，但是，多少帝王将相，湮没无闻，李白的名字，却流传千古，一如他自己所说：“**屈平辞赋悬日月，楚王台榭**

空山丘。”

在这天才诗人的背后，他的妻子们，无论是否理解他的伟大，都因为他而留下了自己的足迹。

在那个时代，即使如宗氏这样的女子，往往也是用这样的方式，才能在历史中留下自己的身影。

杜甫的妻子

何时闺中共看月

普通读者对杜甫的印象，往往是忧国忧民、老成持重，历史教材与语文教材中的杜甫画像，也常是满面风霜、一腔忧虑。

然而，这只是杜甫个性特点的一个方面。他的另一特点，是感情丰富、真挚深沉。

清代文艺理论家和语言学家刘熙载说："先儒谓杜子美情多，得志必能济物，可为看诗之法。"梁启超干脆称杜甫为"情圣"："中国文学界笃情圣手，没有人比得上他，所以我叫他做情圣。"杜甫对国家爱得深沉，对君主尽职尽责，对百姓的苦难感同身受，对朋友满怀真情——杜甫写给李白的诗多达 15 首，《赠李白》一诗往往被评论者认为是李白一生最真实的写照，这是真朋友才能够写出来的李白小照；对子女则满怀怜爱——仅"**稚子敲针作钓钩**"（《江村》）一句，便足见一位慈爱的老父亲的心情。

新儒学学派的代表人物之一唐君毅则说："中国言夫妇之情之最好者，莫如处乱离之世如杜甫。"

我们且来看一看，杜甫与他的妻子的故事。

杜甫在开元二十九年（741 年）成婚，时年二十九岁，十九岁的妻子出身于弘农杨氏，其父为司农少卿杨怡。

杜甫这是典型的晚婚了。

在官方鼓励早婚多育的唐代，士人因为种种原因，比如说希望自身有一定地位后再娶于高门、守孝、经济原因等，常有晚婚现象。李白二十七岁始有第一次婚姻，白居易结婚时已经三十七岁。

杨氏在十九岁时出嫁，在当时也差不多算是晚婚了。

弘农杨氏是名门望族，出于西汉丞相杨敞（司马迁的女婿），玄孙杨震官到三公之一的太尉，号称“关西孔子”，四世三公，代代有高官，隋朝皇室便出于弘农杨氏。隋朝灭亡后，弘农杨氏并未衰落，李武韦杨四姓世世联姻，有十一人出任宰相，武则天的母亲便是弘农杨氏后代，后世又有杨凝式、杨万里等名人。

杨氏的父亲是司农少卿杨怡。唐代司农寺属于事务机构，掌管上林、太仓、钩盾、藁官四署。其中上林署掌管果菜种植，钩盾署掌管柴炭禽畜，藁官署掌管粮油加工，太仓为国家粮食总管。司农少卿为司农寺的副主管，从四品上。

这样看来，杨氏既出身于名门望族，父亲又是朝中官员，家境应该很不错，文化素养也应该很不错。所以后来幽居成都草堂时，杜甫还有

诗云："**老妻画纸为棋局。**"（《江村》）

与杨氏结婚时的杜甫，也正当他人生中比较意气风发的时候。

杜甫青少年时，家境优裕，祖父杜审言为唐代五言律诗奠基人之一；父亲杜闲曾任奉天（今陕西乾县）令，奉天属京兆府，奉天令为正六品上，杜闲后来以朝议大夫的品衔、兖州司马的职位终老；早逝的母亲则出身于清河崔氏，有研究者说，崔氏名海棠，所以杜甫写诗，从无"海棠"二字。

杜甫自幼能文，"**七龄思即壮，开口咏凤凰**"（《壮游》）。他志向远大，有志于"**致君尧舜上，再使风俗淳**"（《奉赠韦丞丈二十二韵》）。他少年时也很顽皮，活泼好动，"**忆年十五心尚孩，健如黄犊走复来。庭前八月梨枣熟，一日上树能千回**"（《百忧集行》）。

开元十九年（731年），十九岁的杜甫开始漫游。大概是因为父亲正在山东兖州做司马，他在山东一带过了四五年"**放荡齐赵间，裘马颇清狂**"的生活，期间留下的《房兵曹胡马诗》一诗，尽见青年人的热情与豪情："**胡马大宛名，锋棱瘦骨成。竹批双耳峻，风入四蹄轻。所向无空阔，真堪托死生。骁腾有如此，万里可横行。**"《望岳》一诗更是杰作，"**会当凌绝顶，一览众山小**"一句，是流传千古的名句，也披露了杜甫青年时代的抱负与志向。

所以，杜甫与杨氏的婚姻，从当时双方的情形来看，很门当户对。

杨家大约也挺看好杜甫的前程。

也就在杜甫结婚的这一年，他的父亲杜闲病逝了，时年五十九岁。

这对于杜甫的未来，是一个极大的挫折。

天宝六年（747 年），杜甫“举进士不第，困长安”，十年奔波，“**朝扣富儿门，暮随肥马尘**”（《奉赠韦丞丈二十二韵》），穷困潦倒，郁郁不得志，直到天宝十四年（755 年）仍无法谋得理想出路，为了生计，不得已接受了右卫率府兵曹参军这个事繁俸少阶低的官职。

这期间，他的妻儿居住在奉先——这大概是因为“长安居，大不易”，以杜甫的经济能力，承担不起一家人在长安居住的费用。

十一月，杜甫回家省亲，刚进门就听到妻子的哭声，原来小儿子已经饿死了。杜甫悲愤交加，就长安十年的感受和沿途见闻，写成了著名的《自京赴奉先县咏怀五百字》，其中“**朱门酒肉臭，路有冻死骨**”一句，振聋发聩，千古传诵。

天宝十四年（755 年），安史之乱爆发，次年春，安禄山由洛阳攻潼关。五月，杜甫从奉先（今陕西蒲城县）移家至潼关以北的白水（今陕西白水县）的舅父处。六月，潼关失守，长安陷落，玄宗逃往蜀地，安史叛军进入白水，杜甫携家逃往鄜州（今陕西富县）羌村。七月，玄宗太子李亨在灵武（今宁夏灵武县）即位，主持平叛大局。

杜甫那时，只是一个小官——右卫率府兵曹参军（低阶官职，负责看守兵甲器杖，管理门禁锁钥），却在获悉肃宗即位的消息后，立刻从鄜州只身奔向灵武。

对家人的眷恋，到底让位于对国家的忠诚。

杜甫在奔往灵武的途中被安史叛军所俘，押回长安——可能叛军在通往灵武的道路上设了不少关卡，专门防范那些想要投奔唐肃宗的各级官员。

因为官职卑微，声名未显，杜甫没有像名重官高的王维那样被叛军囚禁，但也被困在长安不得自由。

在残破的长安城中，杜甫写下了《春望》这一千古名作，“**国破山河在**”，是忧国；“**家书抵万金**”，是思家。

家国之思，于乱离之世中，触目惊心，重如山，深如海。

《月夜》便写于被困长安这一年的八月。相比较于《春望》这样山河破碎、沉郁顿挫的厚重交响乐，《月夜》更像是一首月下低吟的小夜曲，抒发的是杜甫对家人的眷恋与思念。

在《月夜》里，杜甫遥想与思念的，固然有不知世事的小儿女，但更多还是相濡以沫的妻子：

今夜鄜州月，闺中只独看。
遥怜小儿女，未解忆长安。
香雾云鬟湿，清辉玉臂寒。
何时倚虚幌，双照泪痕干。

早在天宝十五年（756 年），杜甫在《自京赴奉先县咏怀五百字》中便已带着怜惜与感伤，开始以“老妻”称呼自己的妻子：“**老妻既异县，十口隔风雪。**”——三十三岁的杨氏，经过了杜甫困守长安十年、独自守家的磨砺，经过了幼子饿死的打击，已经过早憔悴，而经过了从奉先到鄜州的颠沛流离、乱军之中音信不通的焦虑与惶恐之后，杨氏的憔悴必然更形加重。

不过长安月色之下，在杜甫的想念之中，杨氏仿佛仍然是初嫁不久的丰美形象：“**香雾云鬟湿，清辉玉臂寒。**”独自在家的妻子，对月难眠。炉中香袅袅而上，香雾缭绕，在夜露中沾湿了丰厚的发鬟；月色清冷，夜凉如水，白皙如玉的手臂也在夜色中变得冰凉。

这样的丰美，描写的不仅仅是杜甫记忆与想象中的富足安宁时代的杨氏，或许也是在描写杜甫怀念的那个“**稻米流脂粟米白，公私仓廪俱丰实**”的太平盛世。

怀念与思念之后，是期盼来日的重逢：什么时候才能并肩坐在薄透的窗帷之下，让那月光将你我脸上的泪痕擦干？

被叛军困在长安的第二年的寒食日时，杜甫写下了《一百五日夜对月》一诗（“一百五日”即寒食节），主题仍然是对妻子的思念：“**无家对寒食，有泪如金波。斫却月中桂，清光应更多。仳离放红蕊，想像嚬青蛾。牛女漫愁思，秋期犹渡河。**”——身在乱军之中，不得归家，在这寒食节时，泪下如雨；真想斫断月中丹桂，让月光更明亮，让我的思念可以乘着月光播撒到妻子身边；可恨这明月，偏偏在我们离散时散播光辉，想来月下的妻子正因为思念我而紧蹙蛾眉；被天河隔断的牛郎织女还能够在七夕佳节渡河相会，我与妻子的团聚却遥遥无期。

杜诗中提到妻子的有二十多首，其中《月夜》与这一首《一百五日夜对月》，是杜甫专门写给妻子的。

这首诗远远不如《月夜》有名，但其中情感，并无差别。

杜甫与妻子的深厚感情，前人多有论及。

这个中原因，一方面是因为杜甫本人感情真挚而丰富的个性特点；另一方面的原因，则是杨氏本人良好的品德与修养。

学者杨洋的《乱离之世伉俪情——浅谈杜甫诗中的杜妻形象》一文，从三个方面来分析乱世之中杜甫与妻子杨氏的感情，以及杨氏的性格特点：

其一，“老”而“瘦”的妻子深爱丈夫孩子，在苦难中支撑着家庭，顽强生存，杜甫回家时见到妻子衣衫褴褛，**“经年至茅屋，妻子衣百结”**（《北征》）。

其二，夫妻分离时的牵挂与深情，乱后重见，**“妻孥怪我在，惊定还拭泪……夜阑更秉烛，相对如梦寐。”**（《羌村三首》其一）以音信断绝、久别重逢后不敢置信的惊喜，以及疑在梦中的恍惚，写杨氏对丈夫的深情。

其三，患难与共的贤良品质——在许多杜甫提及家事方面的诗或诗句中，我们可以直接感受到杨氏对家庭的奉献，她常要在贫困中独自抚育儿女，**“世乱怜渠小，家贫仰母慈”**（《遣兴》）。杜甫在五十岁左右患上多种疾病，杨氏悉心照顾，**“老妻忧坐痹，幼女问头风”**（《遣闷奉呈严公二十韵》），杜甫为此十分歉疚，**“笑为妻子累，甘与岁时迁”**（《寄岳州贾司马六丈、巴州严八使君两阁老五十韵》）。

除了研究者论述过的这几点，杨氏在精神层面上，也与杜甫能有共鸣。

前文说过，杜甫是个感情丰富、爱心充沛的人。

即使在乱离之中，他也对这人世、对生活有着一种由衷的温情与挚爱。

那些悲愤的恸呼，也正因为爱之深，才痛之切。

所以，在难得的一点安宁闲适之际，他对生活的热爱便很自然地铺洒出来。

杨氏与他一起静静享受着这一点清贫之中的快乐：他们一起泛着小船漫游江上，**“昼引老妻乘小艇，晴看稚子浴清江”**（《进艇》）；用纸张画了简陋的棋盘来下棋，**“老妻画纸为棋局，稚子敲针作钓钩”**（《江村》）；在竹林里花丛畔招待来访的朋友，**“竹里行厨洗玉盘，花边立马簇金鞍”**（《严公仲夏枉驾草堂，兼携酒馔》）……

杨氏像杜甫一样，能够体会这平淡生活之中的真趣。

唐代宗广德元年（763年）春，安史之乱结束，杜甫听到这个消息，欣喜若狂，写下了《闻官军收河南河北》一诗，“却看妻子愁何在，漫卷诗书喜欲狂”一句，是写自己的喜，也是写妻子的喜。杨氏能够与他一同为这个大好消息而喜笑颜开，愁容尽消，这恐怕不仅仅是朴素的因丈夫之喜而喜，也更因为杨氏是能够理解这个消息的重大意义的。

正因为此，杜甫才会在知道胜利的消息、喜极而泣后，第一反应就是回头与妻子分享。

对于杨氏来说，她生于富裕的中上层官宦家庭，长于最富庶繁华的开元天宝年间，嫁与当时头角峥嵘、意气风发的官宦子弟，她还有良好的教养，有美好的品德，有坚贞的性情，以及坚韧的个性，她的人生，开始于锦绣画卷，似乎也要沿着这画卷一直舒展下去。

但是婚后的生活，慢慢陷入了贫困的窘境。她要在贫困中艰难地抚育子女、支撑家庭。

而当乱离之世到来后，这一份艰难，日形深重。

草堂时期清贫但安稳的生活，不过只有短短几年时间，很快便又陷入困境，投亲靠友不得，衣食无着，“厚禄故人书断绝，恒饥稚子色凄凉”（《狂夫》），以至于“野果充糇粮”（《彭衙行》），子女的教育没有着落，主妇日日为家用发愁，“失学从儿懒，长贫任妇愁”（《屏迹三首》）。

雪上加霜的是，蜀中遇上兵变叛乱，杜甫只身流落川东，杨氏只能独自带着一群儿女在山间逃难，“**妻子山中哭向天**”（《徒步归行》）。

世事艰难，家事艰难。

在这艰难之中，杨氏与杜甫相依为命，相濡以沫。

这是她的不幸，也是她的幸运。

在她的一生中最糟糕的年代，与她相伴的是那个时代最深情的人。

这样患难与共的深情，借得杜甫的“诗圣”之笔，留了下来，千百年间，让无数后人传诵与向往。

元稹的红白玫瑰

为郎憔悴却羞郎

张爱玲曾写道：也许每一个男子全都有过这样的两个女人，至少两个。娶了红玫瑰，久而久之，红的变成了墙上的一抹蚊子血，白的还是床前明月光；娶了白玫瑰，白的便是衣服上粘的一粒饭黏子，红的却是心口上的一颗朱砂痣。

李碧华在《青蛇》里说过一段类似的话："每个男人，都希望他生命中有两个女人：白蛇和青蛇。同期的，相间的，点缀他荒芜的命运。——只是，当他得到白蛇，她渐渐成了朱门旁惨白的余灰；那青蛇，却是树顶青翠欲滴爽脆刮辣的嫩叶子。到他得了青蛇，她反是百子柜中闷绿的山草药；而白蛇，抬尽了头方见天际皑皑飘飞柔情万缕新雪花。"

元稹的生命里，也有两个留下了深刻烙印的女人。

元稹与白居易同科及第，结为终生诗友，两人的诗作中，互相唱和的比比皆是。他与白居易共同倡导新乐府运动，世称"元白"。其诗文的语言浅显而情意动人，世称"元和体"。

虽然元稹在文学史上的地位，与白居易并不能相比，但在当时，的确影响巨大。

这位在当时声名极盛的诗人，乃是北魏宗室鲜卑拓跋部后裔——北魏孝文帝推动鲜卑汉化运动时，下令鲜卑贵族改为汉姓，皇族拓跋氏便改姓为“元”。元稹的父亲元宽为比部郎中，比部始设于魏晋，属于刑部，掌管审计财政，主官即郎中，从五品上，在唐代算是中层官员，不过位置比较重要。元稹的母亲出身于唐代顶级门阀“五姓七望”之中的荥阳郑氏。元稹八岁时父亲去世，他的早期教育，很大程度上是由母亲承担的，所以元稹的传记中说郑夫人是“贤明妇人也；家贫，为稹自授书，教之书学”。

元稹“九岁能属文”，少年时便已有才名，十四岁（一说十五岁）明经及第。唐代科举考试名目众多，以进士、明经两科为主。进士科难考，明经科相对容易很多，因此时人说“三十老明经，五十少进士。”——三十岁考上明经科便已经老了，五十岁考上进士，那还年轻得很。所以白居易二十九岁考中进士，还可以非常自得地说：“慈恩塔下题名处，十七人中最少年。”

元稹幼年丧父，而且个性“锋锐”，不甘平庸，迫切需要也期望及早出头，这大概是他选择考明经科的一个主要原因。

明经科容易考，但是授官难，元稹的父亲又早已去世，不能给他提供帮助。因此，元稹一直闲居于京城，“苦心为文，夙夜强学。”一边勤奋学习，一边不断寻找出仕的机会。

799 年，二十一岁的元稹寓居蒲州（今山西永济），在河中府藩镇幕府之中任职。唐代的节度使，位高权重，有自行征辟任用属官的权力，因此常有士人求职于幕府，元稹便是其中之一。当时正逢驻军骚乱，蒲州不宁，元稹身在幕府，借助友人之力保护了处于乱军之中的远亲，平乱之后，与这家的少女相爱。只是不久之后，元稹回京应制科试。

看到这里，大家应该已经知道了，这个远亲家的少女，就是我们熟知的“崔莺莺”。

元稹曾作《莺莺传》，假托张生之名，记载了这段恋情。

莺莺的家世，元稹没有详写，只说是姓崔，已丧父，母亲出自荥阳郑氏，与元稹的母亲算是不同分支的族姊妹，因此元稹以“姨”呼之。唐代婚姻重门第，这样看来，莺莺的“崔”，应该是清河崔氏或者博陵崔氏，这才与荥阳郑氏相当。不过元稹并没有提莺莺父亲的官职名望，则莺莺虽出身士族，也是没落的士族了。

因为莺莺姓崔，出身士族，在《西厢记》里，莺莺那位原本没有名字的亡父，便演变成了崔相国——在唐代，博陵崔氏出了 15 位宰相，清河崔氏出了 12 位宰相，时人称为“宰相崔家”。因此，象征着门第、权势、财富、才华与修养的崔氏女，是世人竞相追逐的对象，很多时候，比公主更受欢迎。后人改编《莺莺传》这个故事时，将莺莺变成崔相国的女儿，大概就像西方故事里总喜欢假托公主一样。

莺莺跟着寡母幼弟回长安，经过蒲州，在蒲州城东十余里的普救寺里暂时停留。元稹到普救寺游览，与郑氏相识。当时镇守河中府的节度使为名将浑瑊，威望很高，他在蒲州去世后，监军宦官丁文雅不通军务，镇不住浑瑊的旧部，士卒骚乱，劫掠蒲州。崔家财产丰厚，出门在外，人生地不熟，惶然不知所措，全赖元稹请军中友人帮忙，派人保护，才不至于遭难。

河中府藩镇乱了十几天，直到天子使臣带着诏令来，才稳定了局面。郑氏非常感激，盛宴款待元稹，并让幼子欢郎与长女莺莺都出来感谢。

元稹对这一次初见，印象深刻，描绘仔细：莺莺只穿着家常衣服出来，也没有格外梳洗打扮，然而，**“垂鬟接黛，双脸销红”“颜色艳异，光辉动人”**——素面淡妆，秀发如云，双眉入鬓，脸颊羞红，艳光照人，令年轻的元稹惊愕心乱。因为是被母亲强行要求出来拜谢，莺莺默然坐在母亲身边，凝眸不语，似有怨意，柔弱如不胜衣。元稹问她的年纪，郑氏代为回答道已经十七岁了。元稹试图与她搭话，莺莺却始终不发一言。郑氏为什么会要求正当青春年华的女儿出来道谢？也许郑氏其实有意缔结这门婚姻？毕竟，元稹年轻有为，“性温茂，美丰容”（《莺莺传》里形容张生的词，实质上可以看作是元稹的自画像），与郑氏有亲，更与崔家有大恩。

在宴会上，莺莺对元稹不假辞色，元稹无计可施，便私下里向莺莺的婢女红娘反复求情，表白自己对莺莺的爱慕。红娘被他纠缠不过，直接问他：“你对崔家的情形很了解，为什么不因为我家小姐的美德而求娶她？”

元稹答道：“余始自孩提，性不苟合。或时纨绮间居，曾莫流盼。不为当年，终有所蔽。昨日一席间，几不自持。数日来，行忘止，食忘饱，恐不能逾旦暮。若因媒氏而娶，纳采问名，则三数月间，索我于枯鱼之肆矣。尔其谓我何？”

元稹说自己自幼性情严肃，谨守礼法，每逢欢宴，面对声色歌舞，从不被扰乱，是以年至二十三岁，也未曾亲近过女色。但是前几天在宴席间一见莺莺，便情不自禁，这几天来，寝食不安，度日如年。如果请媒求娶，纳采问名这一整套程序走下来，至少也得好几个月，那个时候，只怕自己早已经相思成疾、重病不起，就如同肆中枯鱼了。

元稹的个性，前文已经说过，比较锋锐，也就是激进。

幼年丧父，急于出人头地，迫不及待去考了明经科，其实都已说明，元稹不是一个可以耐心等待的人。

红娘没有能够抵挡得住元稹的这番诉说。

试想一想，一个英俊的年轻人，刚刚拯救过整个崔家，身上戴着英雄光环，深情地倾诉着自己从前的坚贞、现在的深陷爱河不可自拔，低声下气地哀求恳请。

在红娘心中，这样的人，如何配不上自己玉貌绮年的小姐？

于是红娘给元稹出主意说：“崔之贞慎自保，虽所尊不可以非语犯之，下人之谋，固难入矣。然而善属文，往往沈吟章句，怨慕者久之。

君试为喻情诗以乱之，不然则无由也。”——莺莺个性谨慎，坚贞不移，哪怕是尊长，也不能让她违背自己的原则，红娘自己只是一个婢女，当然更不能动摇她的心志。但是莺莺能诗善文，常常自吟自叹。红娘建议元稹投其所好，用情诗扰乱莺莺的心，否则的话，无机可乘。

因为元稹对莺莺的始乱终弃，一直以来，都有人对红娘的这番行为不太赞同，觉得她这番撮合两人的举动，是害了莺莺。

其实红娘的这番举动，一则要放到当时的社会背景来看。唐代的社会风气，相对比较自由开放，于青年男女的婚恋问题，也有一定的自由度，唐诗之中，其实不少篇章，都可以看到这种自由恋爱的迹象。唐律中还规定，年轻男子自行在外娶妻，如果婚礼已成，即使家里尊长给他订了婚，也不必遵守；当然，如果尚未成婚，还是要以尊长所订的亲事为准。

所以，站在红娘的立场来看，她并不认为自己的热心帮忙是件坏事。

再者，莺莺时年十七岁，作为她的婢女，红娘的年纪，也应该相差不大，可能还会略小一些。

作为贴身婢女，红娘与莺莺的关系应该是特别密切的。忽略身份地位的差异，就亲密程度来说，比较类似于今日的闺密。

年轻的姑娘们，对于闺密的恋爱，是不是总是特别敏感、乐见其成？或许还有不少姑娘，曾经代人递过情书、曾经被追求者的诚意感动替他们说过好话、曾经为闺密指点迷津出谋划策。

年少心热的红娘，被元稹感动之后，想要促成这一番恋情，这个情形，有没有觉得很眼熟?

不过，《莺莺传》里面的红娘，她的热心举动，客观上对莺莺的悲剧还是有促成作用的。

《西厢记》的情节作了很大的修改：普救寺被围时，崔母许诺谁能解围便将莺莺许配给他，张生解围后，崔母却反悔赖婚，张生相思成疾，莺莺爱在心中口难开，郁郁寡欢。这样的背景下，红娘的自告奋勇牵线搭桥，便站到了道义的高峰上。

于是《西厢记》之后，红娘便成了纯然的正面形象，而不复《莺莺传》里可能好心办了坏事、因此受人诟病的形象。

元稹听了红娘的话，非常高兴，立刻写了两首春词请她送去，当天晚上，红娘便拿着莺莺的回信来了，这便是《明月三五夜》：

待月西厢下，迎风户半开。

拂墙花影动，疑是玉人来。

后世将这个故事演绎为《西厢记》，想必便是来自于此诗。

青春少女独自徘徊在西厢之下，对月难眠，如有期待。

为什么难以入睡?究竟在等待什么?

夜风里，房门半开半掩。墙上花影被夜风吹拂摇曳，仿佛有一位如玉人儿正缓步而来。

所谓“玉人”，让人不能不想到《诗经·卫风·淇奥》中的那位君子：

有匪君子，如切如磋，如琢如磨……

有匪君子，充耳琇莹，会弁如星……

有匪君子，如金如锡，如圭如璧。

这位君子，学问精湛，品德良善，耳边垂着美玉，帽上镶着宝石。

中国传统文化是崇尚美玉的，切磋琢磨都是加工玉石之器的专门名词，后来用于形容文采修养的培育。孔子说：玉有十一美德，君子应当比德于玉。这是孔子的观点，也是世人的观点，故有“如玉君子”一说。

在莺莺的心目中，她等待的便是这样一位如玉君子。

莺莺的少女心事，半含半露，若有情若无意，宛然可见她心中的矛盾纠结：我究竟是希望他来见我，还是不希望他来见我？

所以只用一个“疑”字。

自以为领会了诗中暗示之意的元稹，在十五日夜里，找了梯子，借助莺莺住所东墙的一棵杏花树，逾墙而入，西厢中果然房门半开，但是盛装而来的莺莺，却当着红娘的面，严词厉色地将元稹指责了一番，说自己之所以不曾声张此事、私下里见元稹，只是为了报答他的恩情、保全他的声名，答复这首诗，是为了表达自己的真诚，唯愿彼此以礼相守。

莺莺说完这番话便走了，只留下元稹，怅然良久，又越墙而出。

这是莺莺在泥足深陷之前的最后挣扎。

她口口声声所说的道义礼法，是说给元稹听的，也是说给自己听的。

绝望而去的元稹，却不知几日后便峰回路转，一天夜里，红娘送来衾枕，也送来了娇羞不禁、不复往日端庄的莺莺。春宵如梦，明月照床，不觉寺钟鸣响，天色将晓，依依不舍的莺莺，被红娘催促而去，却始终未发一言。

《西厢记》里将这一段转折的缘由，安排为张生相思成疾、卧床不起，所以才会使莺莺态度大变。

《莺莺传》里没有这一段，只用了“绝望”二字。

但是莺莺很可能在暗中悄悄地看到了，或者是通过红娘知道了这绝望的情形。

少女的心，千回百转，礼法堤防，终究挡不住她心中的热情，以及她对于绝望的“玉人”的怜惜。

只是如飞蛾赴火之际，仍然不能完全越过自己心中的堤防，所以才会在羞恼愧疚之下，不发一言？

她的心中，理智与情感，或许一直在拔河角力。

相会十余日后，拔河赛中，大约理智又稍占了上风，莺莺又退回了堤防之后，不肯再来。

元稹作《会真诗》三十韵，尚未完成，红娘来了。

红娘为什么会来？是莺莺忍不住遣她来看看元稹现在的情形吗？

元稹托红娘将这《会真诗》送给了莺莺。

于是莺莺心中的拔河赛，情感加了一个重重的砝码，再次获胜，重新开始与元稹在夜里相会。

相处之际，元稹常问郑氏的想法，莺莺回答说："我不可奈何矣。"意思是她不能左右母亲的想法。

元稹想要直接同郑氏谈谈，但是很快又要去长安考制科试，便耽搁下来。他将自己的打算婉转地同莺莺说了，莺莺没有抱怨阻拦，只是满脸愁容，临别前一天晚上，便不再来会元稹。

这里有一个很矛盾的地方。崔家受元稹庇护之恩，郑氏对元稹极为感激，莺莺为此曾对元稹说："兄之恩，活我之家，厚矣。是以慈母以弱子幼女见托。"莺莺的话，意思其实已经很明白了，郑氏向一个自己很欣赏的年轻后辈托付女儿，通常情形下，这便是婉转的许婚。

来往一个多月，相思之苦已得缓解，可以从容安排婚事了，元稹何以还只是与莺莺在口头上说说，而从未试图请媒人直接向郑氏提亲、求娶莺莺？

《莺莺传》出自元稹之手，难免要将自己的行为粉饰一番。只是到底还是留下了这个前后矛盾之处，让人窥见元稹当时的隐晦心事——他可能的确深爱莺莺，但是，莺莺家对他的仕途毫无帮助，所以，他的婚姻，还是要待价而沽。

这个内情，太过残酷，然而又太过现实。

杜甫笔下“兄弟遭杀戮”后便被夫婿抛弃的空谷佳人，与莺莺的处境非常相似。

莺莺默不作声，其实恐怕早已看清。

内心的痛苦，或许还有难以自抑的怨恨，使她在临行前夜不愿再见元稹。

几个月后，元稹重返蒲州，与莺莺又相会了几个月——这里其实也有一个疑问，崔家原本是打算返回长安的，为什么在蒲州待了这么长时间？

莺莺的母亲郑氏，真的从不知晓他们的相会吗？

这几个月里，元稹也绝口不提求婚之事。莺莺心知肚明，不能不生出无穷幽怨，而又情难自禁，不能自拔。她善于诗文，此时却不肯再将自己文字给元稹看，也不怎么读元稹的诗文了；言辞机敏，但常常不肯开口说话；对元稹仍旧深情体贴，只是不肯宣之于口、落之于纸。在人前相见时，对元稹恍若不识，艳丽面庞上愁容隐现，令得她整个人都显得幽邃哀怨。而她又常以礼法自持，不肯轻易动容。

这表面的平静与冷静，只在夜里独自抚琴时，如冰碎解，琴声凄恻，令人心酸难忍。元稹偷听到琴声，惊叹于莺莺的技艺，请她为自己弹一曲，终究不可得——莺莺此时，是认为元稹再不是自己的知音，所以不肯为他而鼓琴，还是不愿意在他面前失态？

不久后，元稹又要回长安考试，临行之际，在莺莺身边长吁短叹。

莺莺心知诀别之期已到，恭敬平和地对元稹说："我不敢怨恨你始乱终弃，如今分别在即，请听我为你鼓琴一曲。"

在这貌似恭敬平和的语气背后，隐藏着锋芒尖锐的酸涩与辛辣。

莺莺弹的是《霓裳羽衣序》。

也就是《霓裳羽衣曲》的序曲。

相传唐玄宗梦游月宫，观月宫仙女在乐曲中翩翩起舞，醒来后作此曲，描绘仙境情形，用于在太清宫祭献老子时演奏。它是唐朝大曲中的法曲精品，唐歌舞的集大成之作。

这本是一首浪漫飘逸的仙游之曲，但是在莺莺弦上，哀音怨乱，几不成调，而曲中幽怨凄恻，令得左右听者都唏嘘不止，元稹或许是既心乱又心虚，突兀地阻止了莺莺再弹下去。

莺莺将琴一扔，泪下如雨，跑回了母亲郑氏的住所，再没有回来。

第二天早上，元稹便离开了。

这是他们最后一次见面。

元稹这一次考试没有考过，便留在了长安，写信给莺莺，以表相思之情。

莺莺回了一封长信。她愧恨自己没有能够严守礼法、拒绝元稹的求爱，又无法挣脱这层层情网，于是随信附了一枚自幼佩戴的玉环，希望元稹的情意如玉真诚，自己的志向如环不解；又附了一团乱丝、一个湘妃竹的茶碾子，寓意"泪痕在竹，愁绪萦丝"。她用这三样信物，表达永以为好之情。

越深爱，越卑微。

不过，这封长信，仔细读一读，莺莺是否还寄托了以退为进、以情动人的用意？不提元稹的始乱终弃，只讲自己的愧疚不安，“**岂期既见君子，而不能定情，致有自献之羞，不复明侍巾帻。没身永恨，含叹何言？**”然后诉自己的深情不悔，信末又写道：“**春风多厉，强饭为嘉。慎言自保，无以鄙为深念。**”春寒料峭，君子多珍重，不必挂念我。

她或许在期望，能够用这封长信打动元稹，或者是引起元稹的愧疚之心。

远在蒲州的莺莺，大概还不知道，元稹已经从情网中脱身出来，决心将这一段恋情只当作一段风流韵事，不但将她的情书给朋友传阅、令“时人多闻之”——即使在今天，也没有几个姑娘，乐意看到这样的情形；又在朋友们为莺莺的才华与真情感动时，说了一大段女色为祸、倾国倾城的道理，自称“予之德不足以胜妖孽，是用忍情”，将他抛弃莺莺的行为，上升到君子立德的道义高度。

一年多后，莺莺已经嫁给他人。

这也是唐代婚恋风俗比较宽容开放的一面。即使曾经有过一段半公开的恋情，莺莺还是可以另嫁他人。

张籍写过一首《节妇吟·寄东平李司空师道》，借一位婉拒爱慕者追求的有夫之妇，来委婉表达自己已经任职于中央，不愿去平卢淄青节度使李师道幕府的意愿。诗中这位节妇，在爱慕者赠送双明珠时，“感君缠绵意，系在红罗襦。”只是，被感动之后，节妇又表白自己“事夫誓拟同生死”，于是“还君明珠双泪垂，何不相逢未嫁时。”这要是在礼教日益森严的后世，诗中女子的此等行为，怕是要被世人侧目——有夫之妇，居然还有爱慕者？居然还曾经收下过爱慕者的礼物？这妇人持身不正，必须大加鞭挞！

但是在张籍笔下，在唐人眼中，即使一度被爱慕者的“缠绵意”感动，将对方所赠的明珠佩在裙间，但是能够“发乎情，止乎礼”，能够拒绝爱慕者的求爱，表示愿意与夫君同生共死，还君明珠，这就是世人都应尊敬的贞节好妻子，值得诗人歌咏。

所以，我们该庆幸，莺莺生于唐代，即使经历了一段失败的恋情，这段恋情甚至于“时人多闻之”，她仍然可以有另一个选择。

只是，元稹在决绝之后，在另行娶妻之后，终究又放不下莺莺的美丽与才情。经过莺莺的家时，以表兄的名义，通过莺莺的丈夫请求相见。莺莺拒绝后，元稹怨念之情见于言表。莺莺知晓后，差人悄悄送了一首诗过来：

自从消瘦减容光，万转千回懒下床。

不为旁人羞不起，为郎憔悴却羞郎。

莺莺将自己的拒不相见，托辞为相思憔悴、容貌损毁——我为你憔悴，却不敢见你。

莺莺真的对元稹余情未了吗?

因为余情未了，她对自己的自制力没有信心，才不肯见元稹?

毕竟，不见可欲，则心不乱。

元稹说莺莺“言则敏辩”，初次相见于月下西厢时，莺莺站在道义情理礼法的高度，对元稹的大段指责，便是明证。

这其实是一个极其聪明又机敏、受过极好教育的女子，而且身有“反骨”，有叛逆精神。

这样的莺莺，若是跳不出情网，这首诗便是她情难自禁的写照。

但，若是她终究跳出了情网呢?

又或者，她心中对元稹的怨恨，已经压倒了对元稹的思恋呢?

如此，不妨想象一下莺莺写这首诗的动机。

元稹在唐德宗贞元十八年（802 年），娶了韦夏卿的幼女韦丛（时年二十岁）。

韦夏卿出身名门，曾任吏部侍郎，转京兆尹、太子宾客，检校工部尚书、东都留守，迁太子少保，去世后赠左仆射（宰相）。

贞元十九年（803 年）春，二十四岁的元稹，中书判拔萃科第四等，授秘书省校书郎，文笔好能写材料，精力充沛，能跑腿能干活，秘书备选，在唐代往往是中高级文官的预备役。

唐代科举考试，中第之后，必须再经吏部考试，才能授官。唐代选官四大标准是“身言书判”，身即仪表，仪表不过关，很大概率会被刷下来，所以有钟馗貌丑，中第后被黜落，愤而撞死于金殿上的传说；言即口头表达能力；书即书法，在传统时代，书法的重要性就不必解释了；判即公文写作，唐代公文要求用骈体文，形式漂亮，内容也要合乎律令人情，难度很高，白居易与元稹是同一年考的书判拔萃科，白居易当刑部尚书时写的判词还经常被考生拿来做范文。

韩愈给韦丛写的墓志铭中说：“夫人于仆射为季女，爱之，选婿得今御史河南元稹。稹时始以选校书秘书省中，其后遂以能直言策第一，拜左拾遗。”（《监察御史元君妻京兆韦氏墓志铭》）。

从这段话来看，元稹是在考过吏部试、授校书郎之后，前途光明，才中选了韦夏卿的女婿。

这也比较贴近“榜下捉婿”的唐宋时期的风俗。

韦夏卿不久后授东都洛阳留守，元稹夫妇跟随韦夏卿一起赴洛阳，住在履信坊韦宅，元稹还得回长安上班，因此这一时期，他多次往返于长安与洛阳之间。

莺莺的家，是否就在元稹的往返途中？

莺莺嫁给了什么人家，《莺莺传》中没有说——这算是元稹最后的厚道？或者只是因为那是一个普通人家、不值一提？

从莺莺的家境来看，她出身于没落士族，以至于元稹这样自认为大有前途的年轻人不肯求娶，则她所嫁的夫家，普通人家的概率是比较高的。

这种情形之下，元稹再次找上门来，对于莺莺来说，其实是一个很大的威胁。她若是依从元稹，让元稹重续旧情，必然会得罪韦家，愧对丈夫；她若是与元稹彻底闹翻，又有诸多后患与顾虑，这个时候的元稹，已经不是蒲州时期的元稹，更不能得罪。

如果这个假设能够成立的话，莺莺写这样一首看似余情仍在的“为郎憔悴却羞郎”的诗来拒绝与元稹相见，就很有意思了。

汉武帝的李夫人，在病重临终之时，无论武帝如何恳求、威逼利诱，也绝不肯让武帝见到自己毁损的容貌，以免色衰爱弛。李夫人逝后，武帝心心念念的是她生前绝色，不但继续宠信李夫人的哥哥李广利，还召来方士，想要与李夫人的魂魄相会。

李夫人的选择，与莺莺的选择，其实有异曲同工之处。

从莺莺当时的处境来看，让元稹以为自己是爱得太深才不敢相见，可能比决绝地一刀两断，更为有利。

很多男子，对于一个对他深情不悔的女子，哪怕自己并没有与这女子结婚恋爱的打算，心里也是得意与满足的，总是会怜惜忍让几分。

但若是遇上一个抛弃他的女子——哪怕是他自己抛弃在先，只要心里还有几分留恋不舍，内心深处，也不能真正容忍这女子脱离他的情网。

这其实也是很多普通人的劣根性吧。

只是一般来说，将这番心思表露出来，并付诸行动的，比较少见就是。

几天后，元稹将要离开此地时，莺莺又送了一首诗过去：

弃置今何道，当时且自亲。

还将旧时意，怜取眼前人。

跟上一首诗联系起来，再联想一下，莺莺这是觉得，只让元稹以为自己尚且眷恋于他，还是不太安全，于是再进一步解释：

你既然已经抛弃我了，今天还有什么好说的——并不是我抛下你去嫁人，而是你丢弃了我。这就淡化了莺莺嫁人的事实，而强化了元稹抛弃莺莺之事，让元稹站到了强势的立场。

我们当年的柔情蜜意，想来恍如一梦——用往日甜蜜时光，对比自己被丢弃的现实，令元稹因怀念与心虚而更生出几分怜意。

请你将昔日的深情厚意，都用来怜惜你眼前身边的妻子——将自己放在失去了爱情后自怨自艾、流泪哭泣的旧人的地位，再一次强化了元稹的心理优势。

得到这样一首诀别诗，足够元稹踌躇满志、得意扬扬地离开了。

从此以后，他再也没有去打听莺莺的消息。

也许在多年以后，他还会觉得，莺莺在心中一直怀着对他的深情。

不论莺莺是出于什么样的心理，她都已经挥慧剑斩情丝。

《莺莺传》这个故事，到此为止，说明莺莺此后的生活，平静无波，所以没有什么可以引起元稹关注与记录的内容。

这个始于才子（英雄）救美一见钟情的故事，经过了凄恻缠绵的爱恋，结束于始乱终弃、令人失望的劳燕分飞。

后人对于莺莺的故事，委实是感触太深，几经改编，有了弥补这一切遗憾的《西厢记》。莺莺在其中有了一个真正深爱她的恋人，也有了一个幸福美满的结局。

在元稹生命里留下深刻烙印的另一个女人，是他的妻子韦丛。

韦丛只与元稹一起生活了七年就病逝了。

元稹在她去世后，写下了一系列的悼亡诗，这其中最著名的一是《离思五首·其四》：

曾经沧海难为水，除却巫山不是云。
取次花丛懒回顾，半缘修道半缘君。

一是《遣悲怀》三首，其中名句如“谢公最小偏怜女”“贫贱夫妻百事哀”“惟将终夜长开眼，报答平生未展眉”等，历来为人传诵。

史学家陈寅恪在《元白诗笺证稿》中说：“夫微之悼亡诗中其最为世所传诵者，莫若《三遣悲怀》之七律三首……悼亡诸诗，所以特为佳作者，直以韦氏之不好虚荣，微之之尚未富贵。贫贱夫妻，关系纯洁，因能措意遣词，悉为真实之故。夫唯真实，遂造诣独绝欤？”

他认为元稹的悼亡诗之所以是悼亡诗中的佳作，是因为夫妻二人身处贫贱之中，生活简单纯洁，彼此之间的感情真挚，而元稹又如实将这些生活的真实反映到了诗中。

元稹写《莺莺传》，是为了纪念他的青春热情，也是为他自己的行为开脱。

但在《莺莺传》中，不论元稹的本意是什么，我们看到的，记住的，是那个美丽多情、个性鲜明、经历坎坷的女子。

而这一系列悼亡诗中，我们印象最深、感触最深的，却是元稹对亡妻的怀念之情。

至于韦氏本人，究竟是一个什么样的女子？

元稹的诗中也有描写：

“**寻常百种花齐发，偏摘梨花与白人**”（《离思五首·其五》）——为什么偏偏摘一枝梨花赠与那肤色洁白的玉人？只因为这梨花与她最为般配。

谢公最小偏怜女，自嫁黔娄百事乖。

顾我无衣搜荩箧，泥他沽酒拔金钗。

野蔬充膳甘长藿，落叶添薪仰古槐。

——谢安最怜爱的是侄女谢道韫（你就像谢道韫一样富有才情），偏偏嫁给了我这个迟迟不能仕途如意的贫士，百事不顺；看我没有衣衫，就在箱子里翻找布匹准备裁制，因我缠磨相求便拔下金钗买酒；用野菜充饥却说味道甘美，没有柴禾便用古槐落叶枯枝充当。

韦氏应该是一个相貌气质淡雅如梨花的女子，有才华有修养，自嫁与元稹，在清贫中与他相守，无怨无悔，还带着几分苦中作乐的豁达、爱元稹至深的纵容与宠溺。

世人常说：由俭入奢易，由奢入俭难。

韦氏从一个高层官员的女儿，变成一个清贫文士的妻子，生活的落差，显然是极为巨大的。这样的背景下，她的从容与泰然，就更为难得了。

然后，她在与元稹感情最深厚的时刻，在她青春年华的时候，猝然病逝。

人的记忆，本来就会无限美化逝去的人。

何况韦从本来就是一个兼具外在气质修养与内在贤淑美德的女子。

在元稹悼亡诗中，早逝的韦氏，成了那永远纯真飘逸的雪花、床前可望不可即的明月光。

一如在《莺莺传》中，决绝后不复相见的莺莺，成为元稹青春热情所寄托的永远的心口朱砂痣、枝梢绿竹叶。

但是，元稹的诗中情，与他的心中情，并不那么一致。

韦氏尚未去世时，元和四年春（809年），三十岁的元稹，授监察御史，奉命出使剑南东川，在这里，他遇上了著名的女诗人薛涛。

薛涛出身于官宦家庭，少年时因父亲病逝、生活困顿而入乐籍，期间才名鹊起，剑南节度使韦皋对她很是宠信，薛涛不但有诗名，而且擅长写公文，韦皋将她当成自己的秘书，一度拟奏请唐德宗授薛涛以秘书省校书郎官衔，这个请求因没有先例而未成功，时人还是称薛涛为“女校书”。

年轻的薛涛恃宠而骄，剑南道的官员常常给薛涛送礼来求见韦皋，薛涛虽然上交了礼物，但还是惹怒了韦皋，将她发配到偏远的松州（今四川松潘县）以示惩罚。薛涛写《十离诗》描述松州的荒凉，诉说自己的懊悔与恐惧，韦皋读后心软了，又将她召了回来。此后不久，二十岁的薛涛脱离乐籍，恢复自由身，寓居于成都西郊浣花溪畔。

这期间，薛涛与诸多诗人的文字往来，并未中断。王建便有《寄蜀中薛涛校书》一诗：“万里桥边女校书，枇杷花里闭门居。扫眉才子知多少，管领春风总不如。”薛涛之才名，也日渐远扬。

元稹久闻薛涛之名，到蜀中后，便请薛涛至梓州（今四川三台县）相见。

薛涛其时已步入中年，与诗名正盛的元稹相见之后，便陷入了爱河。期间作《池上双鸟》一诗：“双栖绿池上，朝暮共飞还。更忆将雏日，同心莲叶间。”

燃烧的热情，令得人生阅历已经十分丰富的薛涛，如同情窦初开的少女一般，奋不顾身地投入到这一段短暂的恋情之中。

这大概是薛涛一生最幸福的日子。

但是不过短短三个月的相聚，元稹便调离了蜀中，任职于洛阳。

薛涛以自制的桃红窄笺（时人称为薛涛笺）书写自己的相思之情，作《春望词》四首：

花开不同赏，花落不同悲。
欲问相思处，花开花落时。
揽草结同心，将以遗知音。
春愁正断绝，春鸟复哀吟。

风花日将老，佳期犹渺渺。
不结同心人，空结同心草。
那堪花满枝，翻作两相思。
玉箸垂朝镜，春风知不知。

缠绵相思意，春风泪落时，尽在其中。

元稹也有《寄赠薛涛》一诗相答：

锦江滑腻蛾眉秀，幻出文君与薛涛。
言语巧偷鹦鹉舌，文章分得凤凰毛。
纷纷辞客多停笔，个个公卿欲梦刀。
别后相思隔烟水，菖蒲花发五云高。

相较于薛涛诗的深情，元稹的诗，冷静得多，大多篇幅是在称赞薛涛的文才，将她与蜀中有名的才女、司马相如的妻子卓文君相提并论——元稹是否也隐约有将自己与司马相如相提并论的意思？只有结尾处，轻描淡写地答了一句“**别后相思隔烟水**”。

薛涛在与元稹的恋情无疾而终后，便如繁花落尽一般，脱去喜爱的红裙，换上灰色道袍，整个人都从炽烈走向了淡然。

薛涛是另一枝红玫瑰。只是她遇上的是已经经历过莺莺与韦丛的元稹，未能在向来用头脑而不是用心灵谈恋爱的元稹的生命里留下深刻的印迹。

不过对于薛涛自己来说，燃烧一次，便已足够。

韦氏是在元稹从蜀中调任洛阳后才去世的。

而在元稹与韦氏结婚之初，他也曾去寻找莺莺请求相见。

他在悼亡诗中对韦氏的深情是真，只是他在感情上的“不忠”也难以否认。

不过，这一点并不能掩盖他在文学上的成就，以及对国家的尽职尽责。

在蜀中时，元稹之所以被匆匆调走，是因为他在短短几个月时间里，干了不少大事：“劾奏故剑南东川节度使严砺违制擅赋，又籍没涂山甫等吏民八十八户田宅一百一十一、奴婢二十七人、草千五百束、钱七千贯。时砺已死，七州刺史皆责罚。”他劾奏不法官吏，平反许多冤案，白居易作诗赠他：“**其心如肺石，动必达穷民，东川八十家，冤愤一**

言申”。他虽然得到民众欢迎，却触犯了朝中旧官僚阶层及藩镇集团的利益，于是朝中有人很快找了机会将元稹调任分务东台，也就是东都洛阳的御史台，实际上将他闲置起来。

因为直言敢谏、勇于任事，在此之后，元稹不止一次被贬谪。唐穆宗时位居宰相，因为主张抑制藩镇、加强中央集权而被罢相，出任地方官，任浙东观察使兼越州刺史六年，命所属七州筑陂塘，兴修水利，发展农业。

只有了解元稹其人的完整面貌，才能理解，为什么白居易与他能成为终生挚友，为什么莺莺、韦丛和薛涛这样出色的女子，会将一腔深情倾注到他的身上。

也正因为她们才情出众，才更懂得欣赏这世上的美德与才华，才更容易被元稹牵动情思。

世情篇

世态人情多烦忧，
花自艳艳水自流

胡姬当垆

金樽清酒笑春风

唐代背景的影视剧与文学作品里，总少不了胡人尤其是胡姬的身影。她们往往是捧着酒壶，风一般旋转在拍案击节、纵酒高歌的形形色色的人群之中，笑容灿烂，裙角飞扬。

长安与洛阳，是胡姬当垆最为常见的地方，尤其是胡人聚居的长安西市。

李白《少年行》一诗，便写了长安西市的酒家胡：

五陵年少金市东，银鞍白马度春风。
落花踏尽游何处，笑入胡姬酒肆中。

五陵这个地名，始于汉代。当时的富家豪族和外戚都居住在五陵一带，因此，后世诗文常以五陵为富豪人家聚居长安之地，故白居易笔下“名属教坊第一部”的琵琶女，能够让“五陵年少争缠头”。

李白笔下的少年，便是五陵少年。出身于富豪之家，生长于盛世长安，这些无忧无虑的少年们，出入长安最繁华热闹、最绚丽多彩的西市，银鞍白马，笑迎春风，踏尽落花，挥鞭直向胡姬当垆的酒肆，可以想象他们接下来必是要在胡姬的歌舞与劝酒之中，痛饮尽欢。

今人分析唐人为什么喜欢往胡姬当垆的酒肆中去时，以为主要有四点理由：胡姬貌美；沽酒劝酒；歌舞侑酒；善解风情。

这四点理由，都很强大。

李白说：“**胡姬貌如花，当垆笑春风。**”美貌的女招待，是酒肆的活招牌，古今中外，概莫能外。美貌如花的胡姬，在酒肆门口招手招客、在酒肆中捧壶劝酒时，行人总是很难抵挡这番热情吧？所以岑参送客时，遇到胡姬招客劝酒，便停下来与朋友一道且饮一杯：“**送君系马青门口，胡姬垆头劝君酒。**”（岑参《送宇文南金放后归太原寓居，因呈太原郝主簿》）入得酒肆，美丽又热情的胡姬，言笑晏晏，且歌且舞，当此之时，哪得不醉？故曰：“**笑春风，舞罗衣，君今不醉将安归。**”（李白《前有樽酒行二首》其二）酒酣之时，那些英俊的少年郎，或许还会被胡姬藏起马鞭、牢拴坐骑，留情一宿，来日再醉一场：“**年少郑郎那解愁，春来闲卧酒家楼。胡姬若拟邀他宿，挂却金鞭系紫骝。**”（施肩吾《戏郑申府》）

这些热情美丽、能歌善舞、纵情欢乐的当垆胡姬，就仿佛是唐代诗人们那无处安放、肆意挥洒的青春热情的写照。

胡姬从哪里来？

她们是通过丝绸之路来到长安，来到大唐。

因为丝绸之路的开辟，早在汉代，长安城中，便已经有了当垆胡姬。

东汉诗人辛延年有《羽林郎》一诗，便写了一位美丽的酒家胡姬：“胡姬年十五，春日独当垆。长裾连理带，广袖合欢襦。头上蓝田玉，耳后大秦珠。两鬟何窈窕，一世良所无。一鬟五百万，两鬟千万余。”

大秦，一般认为，这是丝绸之路开辟之后，汉代对罗马帝国及近东地区的称呼，耳上戴着大秦出产的宝珠，这也是对胡姬身份特色的描绘。

这位当垆胡姬，遇到了一个身在羽林军的豪贵家奴的调戏，豪奴步步进逼，胡姬一直忍让周旋：“就我求清酒，丝绳提玉壶。就我求珍肴，金盘脍鲤鱼。”直至豪奴得寸进尺，“贻我青铜镜，结我红罗裾。”胡姬不肯再忍让了，立时翻脸，“不惜红罗裂，何论轻贱躯！”她严词厉色地对那豪奴说道：“男儿爱后妇，女子重前夫。人生有新故，贵贱不相逾。多谢金吾子，私爱徒区区。”

这一番回绝，与罗敷女对使君的回绝有异曲同工之妙：“使君一何愚！使君自有妇，罗敷自有夫。”

而从胡姬的回绝之词中，我们也可以看到，这位当垆胡姬，是跟着她的丈夫一起来到长安的。

繁忙的丝绸之路上，中原与西域的商旅络绎不绝，在《后汉书·西域传》中记载：“驰命走驿，不绝于时月；商胡贩客，日款于塞下。”来到长安的胡商，带来了各种西域商品，也带来了富有异域色彩的胡姬。

丝绸之路随着东汉王朝的衰落、崩解而一度中断了很多年，直到强盛而富有的大唐开始经营西域，丝绸之路重新繁忙热闹起来。

大量的胡商胡人，使得长安成了一座国际都市。

胡人酒肆中的当垆胡姬，便成为长安城中的美丽风景。

也有学者认为，这些胡姬大多是由来自中亚的粟特人贩卖到大唐的女奴。善于经商的粟特人，先后被突厥和阿拉伯人挤压，被迫离开他们的故土，奔向繁荣富庶而且包容开放的大唐，粟特人在中原与西域之间贩卖的商品，主要有丝绸、珍宝、牲畜以及奴隶，其中很大一部分是女奴。奴隶买卖大多在长安西市中的口马行进行，女奴们往往被长安、洛阳等大都市里的一些经营酒业的富裕胡商出资购买，让她们当垆卖酒。

所以长安城中的当垆胡姬，可能只是诗人眼中的诗意。

公孙大娘

一舞剑器动四方

唐人好舞，梨园教坊之外，上至帝王将相，下至平民百姓，好舞者甚众。在节庆与宴饮之中，与会者固然喜欢载歌载舞，乐工歌伎舞者的表演，往往也是不可或缺。唐人按动作特征和风格，将其共分为两种类型：一为“健舞”，动作风格健朗、豪爽，如《剑器舞》《柘枝舞》《胡旋舞》等；一为“软舞”，舞姿优美柔婉，节奏舒缓，如《春莺啭》和《绿腰》等。

唐代剑舞高手，最著名者莫过于裴旻将军与公孙大娘。

唐代宗曾将裴旻剑舞与李白诗歌、张旭草书并称“三绝”，据说李白就曾经向裴旻学过剑术。王维曾作《赠裴将军》一诗：“**腰间宝剑七星文，臂上雕弓百战勋。见说云中擒黠虏，始知天上有将军。**”全诗主要是写裴将军的战功，只在开篇将宝剑特别点出，大约因为斐将军剑舞太过有名，不需特别说明，只虚提一笔，或轻描一句，已可引得读诗之人诸多想象？

杜甫则为公孙大娘留下了一首世人传诵的长诗。

唐代宗大历二年（767 年），杜甫在夔州别驾（夔州刺史的助手）元持宅中，观赏了公孙大娘弟子李十二娘的剑器舞，回忆起自己年少时亲眼见过的公孙大娘剑器舞，有感于心，作《观公孙大娘弟子舞剑器行》一诗：

昔有佳人公孙氏，一舞剑器动四方。
观者如山色沮丧，天地为之久低昂。
霍如羿射九日落，矫如群帝骖龙翔。
来如雷霆收震怒，罢如江海凝清光。

绛唇珠袖两寂寞，晚有弟子传芬芳。
临颍美人在白帝，妙舞此曲神扬扬。
与余问答既有以，感时抚事增惋伤。
先帝侍女八千人，公孙剑器初第一。

五十年间似反掌，风尘澒动昏王室。
梨园弟子散如烟，女乐余姿映寒日。
金粟堆前木已拱，瞿唐石城草萧瑟。
玳筵急管曲复终，乐极哀来月东出。
老夫不知其所往，足茧荒山转愁疾。

只看题目的话，这首诗的主角是公孙大娘的弟子。不过看内容就知道，主角毫无疑义是公孙大娘。

公孙大娘，意为姓公孙、排行第一的姑娘，也即“公孙家的大姑娘”。（不是今人所说的“大娘”“大妈”之“大娘”）

对于公孙大娘其人，《明皇杂录》里有记载：“上（玄宗）素晓音律。时有公孙大娘者，善舞剑，能为《邻里曲》《裴将军满堂势》《西河剑器浑脱》。遗妍妙，皆冠绝于时。”

由此可见，这位公孙大娘的剑舞，主要有三个曲目。

第一个曲目是《邻里曲》，很遗憾没有找到介绍。

第二个曲目是《裴将军满堂势》。

颜真卿有《赠裴将军》一诗，记裴将军战功，形容裴将军剑舞风格只有一句：“剑舞若游电，随风萦且回。”

唐人乔潭另有一篇不太出名的《裴将军剑舞赋》，序言中说：“元和秋七，羽林裴公献戎捷于京师，上御花萼楼，大置酒，酒酣，诏将军舞剑，为天下壮观，遂赋之。”羽林军凯旋之时，皇帝特意诏裴剑军舞剑以庆贺——这并不是折辱裴将军，唐人好舞，宫廷宴会时皇帝经常带头跳舞，文武百官共舞同乐。这篇赋里，铺陈裴将军剑舞情形很是详细：“……锋随指顾，锷应徊翔。取诸身而耸跃，上其手以激昂。纵横耀颖，左右交光……睹二龙之追飞，见七星之明灭……若涌云涛，如飞雪山……”剑锋随身而走，视线紧跟捏着剑诀的手指，如飞鸟盘旋飞舞；时而挺身纵跃，时而挥剑激昂；剑光纵横闪耀，瞻之在左，忽而在右；双剑如同双龙一般追逐飞翔，剑上七星明灭不定——这样的剑舞，大有矫若游龙、翩若惊鸿的意象，又大有浪涛汹涌、雪山崩腾的气势。

《独异志》里说，裴旻母丧时曾请吴道子于东都洛阳天宫寺画神鬼数壁以为亡母祈福，吴道子则要求裴旻舞剑以助画兴，“**走马如飞，左旋右抽，掷剑入云，高数十丈，若电光下射，漫引手执鞘承之，剑透空而入，观者千百人，无不惊栗，道子于是援毫图壁，飒然风起，为天下之壮观。道子平生所画，得意无出于此。**”这一次剑舞，是在马上，走马挥剑，舞到兴酣处，掷剑于高空，以剑鞘承接，高空中落下的宝剑，笔直入鞘，令得围观的数百人胆战心惊。吴道子由此有感于心，画了一幅自己平生最得意的画。

这个故事，与张旭观公孙大娘剑舞而悟书法、得草书龙蛇之意的故事，有异曲同工之妙。

在开元天宝年间，裴将军剑舞，毫无疑问，就是裴旻将军的剑舞。公孙大娘所舞的这一曲《裴将军满堂势》，号为“满堂势”，则要求的空间必定很大，剑势满堂，飘洒飞腾，纵横凌厉。

公孙大娘擅长的第三个曲目，是《西河剑器浑脱》。

剑器舞，也即剑舞，原是军中之乐，“**军中宜剑舞，塞上重笳音**”（张说《幽州夜饮》），舞者执剑而舞，以表现雄武、战斗之态，因此舞剑时“**女伎作雄装**”“**楼下公孙昔擅场，空叫女子爱军装**”（司空图《剑器诗》)。**“舞衣五色，曲中吕宫”**，舞衣锦绣灿烂，用西凉乐伴奏。

西凉乐舞的风格，曾有学者这么评价：“西凉乐舞集曲调欢快、舞姿矫健的西域风格和轻盈柔婉、婀娜多姿的中原特色于一身，融入大量的龟兹乐舞成分，舞蹈语言丰富，艺术风格独特。乐曲高亢悠扬，动作舒展流畅，服饰华丽多姿，堪称历代歌舞之最。”

“浑脱”原指北方民族中流行的用整张剥下的动物皮制成的革囊或皮袋，浑脱舞则是戴浑脱帽的人所表演的一种舞蹈或其组成的舞队，也即游牧风格的舞蹈，亦属健舞。

所以，《西河剑器浑脱》，应是带有鲜明边塞色彩、糅合了传统的剑器舞与浑脱舞、刚劲有力而又舒展飘逸的剑舞。

杜甫看过的公孙大娘剑舞，就是这一曲《西河剑器浑脱》。

杜甫在《观公孙大娘弟子舞剑器行》一诗的序言中说：“开元三载，余尚童稚，记于郾城观公孙氏，舞剑器浑脱，浏漓顿挫，独出冠时，自高头宜春梨园二伎坊内人，洎外供奉，晓是舞者，圣文神武皇帝初，公孙一人而已。”

圣文神武皇帝，其实就是唐玄宗唐明皇。

唐玄宗开元三年(715年)，年少的杜甫在郾城观公孙大娘舞剑器浑脱。

这里没有提“西河”二字，是否因为唐人比较熟悉的是剑器舞与浑脱舞，自然而然地简化了？就像后人又进一步将剑器舞简称为“剑舞”一样？

公孙大娘的剑舞，气韵流畅而剑势抑扬顿挫，冠绝一时，在玄宗初年，从宫内的梨园宜春二坊到宫外供奉的众多舞者之中，通晓剑器浑脱舞的，只有公孙大娘一人而已。所以杜甫在诗中说：“**先帝侍女八千人，公孙剑器初第一。**”

哪怕是同样的曲目，不同的舞者，也会有不同的风格。

公孙大娘的这支剑舞究竟是什么模样？后人只能从杜甫诗中窥得一二：

昔有佳人公孙氏，一舞剑器动四方。
观者如山色沮丧，天地为之久低昂。
㸌如羿射九日落，矫如群帝骖龙翔。
来如雷霆收震怒，罢如江海凝清光。

公孙大娘执剑起舞时，四方惊动。多如山峦聚凑的围观者，被这气势凌人的剑舞震惊得脸上失色，连天地也为之久久震荡不宁。剑光灼灼闪耀处，如后羿引弓射落九日；剑势矫健腾跃时，如仙帝们驾驭着飞龙回翔。起舞时如雷霆万钧、天公震怒，收剑时如江海凝波、清光湛湛。

杜甫在诗序中又说，草圣张旭即由此舞而悟得草书真谛：“昔者吴人张旭，善草书帖，数常于邺县见公孙大娘舞西河剑器，自此草书长进，豪荡感激，即公孙可知矣。”——吴人张旭善草书，曾于邺县数次观看公孙大娘舞西河剑器，心有所感，从此草书书法大为长进，豪放激荡，由此也可见公孙大娘剑器舞的技艺之高超了。

公孙大娘剑器舞为梨园中第一人，不过裴将军剑舞或许在时人眼中更为卓绝，所以唐代宗才会将裴旻剑舞与李白诗歌、张旭草书并称“三绝”，号为“剑圣”“诗圣”（后来“诗圣”一词才专指杜甫）、“草圣”。然而后人提到唐代的剑舞，恐怕大多已不知裴将军其人其舞，而只记得：

昔有佳人公孙氏，一舞剑器动四方。

马上簪花

白纻春衫骑马装

大唐是一个马背上的帝国。在唐诗之中，马的形象，几乎是无处不在。论者将“马”视为唐人建功立业之心的写照，一如将“剑”视为唐人豪侠之气的写照。

马，不仅仅是唐人建功立业的伙伴与写照，更深入到唐人生活的方方面面。

中晚唐时期的诗人张籍，有一首《白纻歌》，写的便是唐代女性专门裁缝白纻春衫做骑马装之事：

皎皎白纻白且鲜，将作春衣称少年。
裁缝长短不能定，自持刀尺向姑前。
复恐兰膏污纤指，常遣傍人收堕珥。
衣裳著时寒食下，还把玉鞭鞭白马。

诗中这位女性，应是一位小康人家的少妇。

兰膏、堕珥、玉鞭、白马皆可说明这少妇家境颇好；白纻是白色苎麻所织的夏布，论者称，中唐时“沤纻为缊袍”“春衫裁白纻，朝帽挂乌纱”乃是一种时尚，以至于唐人到了“裁衫催白纻”的痴狂程度。能够追赶时尚，也可见这少妇家中的富足。

不过对一袭白纻春衫看得如此之重，追赶时尚而非引领时尚，但是还须亲自裁缝，婆母的手艺比她更熟练，由此可见，少妇应该并不属于那种权贵阶层，更可能是小康人家。

这样一位小康人家的少妇，裁一袭白纻春衫，是为了寒食时节着新衣骑马出游，“还把玉鞭鞭白马”。

唐代仕女们骑马，大约是极为普遍常见的景象。《虢国夫人游春图》之中，不论贵妇还是侍女，都悠然自得地骑着骏马。

白居易在杭州时，写了一首《代卖薪女赠诸妓》：

乱蓬为鬓布为巾，晓蹋寒山自负薪。
一种钱唐江畔女，著红骑马是何人。

虽然白居易是在同情贫寒劳苦的卖柴女子，但是从诗中我们也可以看到，钱塘江畔的“诸妓”，也是“著红骑马”的。

唐三彩中，不乏骑马女俑，更有打马球女俑。马球是风格极其猛烈甚至于狂暴的军中运动，唐人自皇室至平民皆酷爱马球，仕女们也热烈地投身其间。遗风所及，直至五代，后蜀花蕊夫人尚有“自教宫娥学打球，玉鞍初跨柳腰柔”一句。

由此想象一下，这个时期，唐代仕女们骑马，大约正如今日女士们开车一样普遍吧？

为什么唐代仕女骑马的现象如此普遍？

究其原因，可能有三：

其一，北朝尚武与唐代“胡风”的影响，使唐代女性相对而言更具有积极进取的个性与活泼好动的生活习惯。武则天这位唯一的女帝，出现在唐朝，并非偶然。大明宫中玩蹴鞠的宫女、打马球的女俑，都是唐代女性相对爱好运动的典型标志。

其二，唐代社会普遍富足，杜甫说：“忆昔开元全盛日，小邑犹藏万家室。稻米流脂粟米白，公私仓廪俱丰实……”所以，唐人养得起马。即使是安史之乱后，很长时间里，能够维持和平稳定的地区，仍然有相当的财力物力，足以让中上层社会供养足够的马匹。

其三，主要养马区陇西与河套平原，长期控制在唐王朝手中。

有骑马的运动偏好，有足够的财力供养马匹，有足够的马匹来源，也就无怪乎唐代仕女们习惯于骑马了。

所以，大唐这个马背上的帝国，不仅仅在马背上建功立业，更在马背上簪花理妆。

红颜薄命

看花不语满眼泪

唐代向来被认为是一个开放、包容、自信、强盛的朝代。

唐代女性的命运，相对于其他朝代，显然也有更多的自信与从容。

只是，即使生于唐代，仍然有诸多女性，不能掌控自己的命运，而不得不随波逐流、因人沉浮。

这样的处境之下，她们的美丽，不是财富，不是力量，而是红颜薄命的引子。

王维为一个卖饼人的妻子，写过一首《息夫人》：

莫以今时宠，难忘旧日恩。
看花满眼泪，不共楚王言。

息夫人，是春秋时息国国君的妻子。公元前680年，楚王灭了息国，将她据为己有。息夫人在楚宫中生了两个孩子（次子就是后来的楚成王），但是始终不同楚王说一句话。楚王问她缘故，她答道："吾一妇人而事二夫，纵不能死，其又奚言！”

春秋时期的女性，从一而终的观念其实并不强，整个时代也不太具有这种观念。忠贞，更多的是个人的选择，就像是在世人习惯于楚材晋用的时代大背景中，屈原却宁肯蹈江而死，也不远赴他国一展才干与抱负一样，息夫人选择的是“看花满眼泪，不共楚王言”。

王维借用息夫人的典故来写这首诗，显然是因为，这个卖饼人的妻子的遭遇，类似于息夫人。

写这首诗的时候，王维是宁王的座上客。

王维年少成名，是长安城中诸多王公大臣的座上嘉宾，唐玄宗李隆基的哥哥宁王，就对王维十分赏识，唐人笔记里说，王维以第一名考中进士，就是因为宁王的大力推荐。

宁王其人，颇有风雅之名（所以才特别欣赏王维），善音律，尤其擅长吹笛，常与擅长羯鼓的玄宗合奏，贵妃弹琵琶，谢阿蛮跳舞，其乐融融。

这样一位既富贵又风雅的亲王，自然在府中养了众多色艺双全的姬妾。

宁王府的左邻，有一户卖饼的人家，卖饼人的妻子很美，唐人笔记里说她“纤白明晰”，意思是体态苗条、肤色白皙，容貌明丽醒目，宁王偶然一见，便看上了，赠给卖饼人重金，将他的妻子带回了府中，唐人笔记中用的词是“取之”——如同从主人家手里买一个物件一样。

宁王宠爱这个卖饼人的妻子，超过了其他姬妾。如此过了一年后，宁王问她：“你还记得那个卖饼人吗？”这个女子默然不答。宁王便召来那个卖饼人，让他们相见。

夫妻重逢，妻子注视着自己的丈夫，“双泪垂颊，若不胜情。”

当时宁王座上宾客十余人，都是文士，见到这等情形，无不为之心酸。

宁王于是让他们赋诗——夫妻久别重逢、相对落泪无言，在宁王看来，不过是一个可以用来赋诗的素材。

最先写完的是王维，题为《息夫人》。

王维是宁王的座上客，他不能指责主人的失德；作为一介文士，他也很难指责宁王的失德——又或者，在那个时代，位高权重的宁王，肯用重金从一个丈夫手里买来他的妻子，而不是直接抢过来，这样的行为，在世人眼中，根本算不上失德，不过是一点失礼而已？

于是王维只能借古喻今，用令人怜惜、同情、尊重的息夫人，来赞美宁王座前这个不肯因为贵人恩宠就忘记自己丈夫的卖饼人妻子，而不是指责宁王的行为有失君子之道。

忠贞，始终是被世人推崇的美德。因为太多人做不到，又使得世人对能够持忠贞之志的人更多了几分尊重。

即使是宁王，面对王维的这首诗时，心中必定也有所触动。

他于是将卖饼人的妻子归还给了她的丈夫，“使终其志”——让她能够践行自己的忠贞之志。

那位“纤白明晰”的市井美人，与丈夫的聚散，不过是在宁王微微一动念、轻轻一抬手间。

卖饼人妻子，是一个始于无奈而最后还算是善终的故事。

另一个类似的故事，是韩翃与柳氏的离散与重聚。

韩翃是唐代宗大历年间的著名诗人，是“大历十才子”之一。

天宝年间，韩翃在长安与李生结识，交情深厚。李生家中豪富，蓄养了不少歌姬，其中一位姓柳，“艳绝一时，喜谈谑，善讴咏”——柳氏既美丽又风趣，歌喉出众，长于诵诗。柳氏对诗才出众的韩翃十分倾心，李生便慷慨相赠，还另外送了三十万钱好让他们置业安家。

唐人的豪侠精神，评论者众多，即使是山水田园派的孟浩然，也要说：“游人五陵去，宝剑值千金。分手脱相赠，平生一片心。”

这位李生，很显然便深具这种豪侠精神。

赠给远游的好友价值千金的心爱宝剑，与赠给好友色艺双全的心爱歌姬并附带三十万嫁妆，在唐人看来，都是一段佳话。

第二年，韩翃考中了进士，回乡（今河北昌黎县）省亲，暂时将柳氏留在长安。

然而，安史之乱（755 年）爆发了，长安沦陷于叛军之手。

柳氏深知自己的美貌在乱军中只会带来灾难。她剪了头发，掩盖容貌，打扮成尼姑，潜藏在法灵寺。

韩翃在淄青节度使侯希逸府中任从事，757年唐肃宗收复长安，韩翃远在山东，只能遣使者秘密到长安去寻访柳氏，使者带去了一囊碎金以供柳氏生活之用，又附了一首《章台柳》：

章台柳，章台柳！
昔日青青今在否？
纵使长条似旧垂，也应攀折他人手。

兵荒马乱，国破家亡，韩翃不知道柳氏在这样的乱世之中是否能够生存下去，更不知道她这样美丽是不是已经被豪强掠走，只能抱着深深的忧思，忐忑不安地猜测、患得患失地探问。

柳氏捧着这一囊碎金，泣不成声，答赠了一首《杨柳枝》：

杨柳枝，芳菲节，可恨年年赠离别。
一叶随风忽报秋，纵使君来岂堪折。

离别数年，芳华易逝，就如那青青柳色，秋风一起，便摧折凋零，纵使你重来长安，我又哪里还有昔日的美丽来与你相见？

韩翃担忧的是柳氏是否还活着，是否还在等着自己；柳氏担忧的则是自己是否美丽依旧，是否能够让韩翃像从前一样爱恋自己。

柳氏在此之后开始蓄发养颜，提前打理自己的容貌，期待着与韩翃的重逢。

也许是使者的到来走漏了风声，不久之后，柳氏便被蕃将沙吒利抢走了，“宠以专房”——大概意思是“三千宠爱在一身”。

然而，对于柳氏来说，甲之蜜糖，乙之砒霜。

柳氏爱慕韩翃，是因为他的诗才，而不是他的权势地位。

显然这位颇有军功的蕃将，并非柳氏心中的良人。

韩翃跟随侯希逸入京觐见时才知道柳氏被夺的消息。

他不过是一个书记，面对手握兵权立有战功的蕃将，无能为力。

侯希逸部下诸将欢宴之时，韩翃借酒浇愁，郁郁寡欢。

他的同僚里，有一位名叫许俊的虞候，性情豪爽，才气纵横，许俊便询问韩翃为什么这样沮丧，问明缘由后，许俊按剑而起，请韩翃写了一封信为凭证，单枪匹马直奔沙吒利的宅第。正好沙吒利打猎去了，许俊便一路直闯进去，一边高呼：“将军突发急病，召夫人立刻过去！”

沙吒利宅中数百仆从，被许俊的气势慑服，竟不敢阻拦。

许俊向柳氏出示了韩翃的手书，挟着她策马而去，径直回到了宴席之上。

此时欢宴尚未散去，韩翃的同僚与朋友们，想必都会为他们举杯相贺。

庆贺之后，还需收尾。

许俊与韩翃都是侯希逸的部下，将此事告知侯希逸后，官司一直打到了肃宗面前。最后肃宗判决，柳氏归韩翃，另赐沙吒利二百万钱作为补偿。

有情人终究破镜重圆。

韩翃此后闲居长安十年——这里面是否有柳氏一案的影响？不过这个时代郁郁不得志的诗人与文士太多，也未必是因为韩翃得罪了蕃将。

在闲居之时，韩翃写下了他最著名的一首诗：

《寒食》

春城无处不飞花，寒食东风御柳斜。

日暮汉宫传蜡烛，轻烟散入五侯家。

虽然是不得志的闲居，但是从“春城无处不飞花”一语来看，韩翃的心境，其实是平和安宁、依然富有诗情画意的。可以合理推测，有意趣相投的柳氏的陪伴，必然对他的心境起到了积极的作用。

唐德宗对这首诗非常喜爱，某次需要提拔一名起草诏书的官员，中书省两次提名的人选，德宗都不满意，直接指示用韩翃。当时另有一人也名韩翃，中书省询问，德宗批曰：与“春城无处不飞花”韩翃。韩翃后来任中书舍人（负责起草诏书，类似于皇帝的机要秘书）。

韩翃的后半生，还可以找到记载，柳氏的后半生，却悄然无声。

不过，这样的平静与悄然，不正好说明，柳氏的后半生，是岁月静好、无事可记？

这两个故事里的女主人公，在经历了人生的劫难与波折之后，有幸能够重归她们所向往的生活。

但是这两个故事能够被唐人郑重其事地记载下来，何尝不是说明，这样的幸运，是特例，而不是常事，所以才有被记载的价值？

《本事诗》里记载了一个悲剧故事：武则天时期，有一位名叫乔知之的左司郎中——左司郎中，从五品上，是尚书左丞（尚书左仆射也即宰相的副手，正四品）的副手，协助掌管尚书都省事务，监管吏、户、礼部诸司政务，这个职位，品级不算太高，但的确是权力中枢的重要官员了。乔知之有一个名叫窈娘的婢女，色艺双绝，乔知之深爱这个婢女，但是因为唐律规定良家不得与贱籍通婚，乔知之没法娶她为妻子，于是就一直不娶妻。武则天的侄儿武延嗣将窈娘夺走，乔知之设法以诗传情，窈娘带着这首诗自杀了，乔知之也被武延嗣诬陷，下狱而死。

卖饼人的妻子，出身市井小民；柳氏出身歌姬，嫁与了文士诗客；窈娘是中层官员的婢女。她们在唐代社会中算是处在中下层。

然而即使是上层社会的贵族女子，她们的美丽，于她们而言，也未必是一件幸事。

李商隐有《龙池》一诗：

龙池赐酒敞云屏，羯鼓声高众乐停。
夜半宴归宫漏永，薛王沉醉寿王醒。

前面三句，都是写宫廷宴会的欢乐与奢靡，结尾一句，却异峰突起：薛王是唐玄宗的侄儿，在欢宴之上酩酊大醉，很正常；但是寿王为什么在这样的欢宴之中，无法沉醉、异常清醒？

寿王李瑁是唐玄宗与武惠妃的儿子。

武惠妃是武则天的侄孙女，生前曾经宠冠一时。她的儿子李瑁于开元十三年（725 年）封寿王，并遥领益州大都督、剑南节度使。益州，即成都，唐代仅次于扬州的繁华城市，时人称“扬一益二”。另一个儿子李琦封盛王，领扬州大都督。

寿王的妻子杨玉环，出身于弘农杨氏，不过家族衰落已久，自己又年幼丧父，寄养于洛阳的叔父家中。开元二十二年（734 年），寿王在姐姐咸宜公主的婚礼上见到了十七岁的杨玉环，一见钟情，请求武惠妃同意，娶杨玉环为妃。

可以说，这个时候的寿王，最是春风得意时。

武惠妃为了立她的儿子为太子，诱使玄宗杀了已经被立为太子的李瑛及李瑛的两个同母弟弟。武惠妃因为此事而心虚惊怖，开元二十五年（737 年）病死，死后被追封为皇后。

武惠妃虽死，她的儿子仍然被玄宗所钟爱。

寿王无疑是那个时代的顶级权贵。按照唐玄宗对武惠妃的宠爱和追封来说，他和自己的兄弟盛王，都是有可能被立为太子的。

然而，武惠妃死后，玄宗在后宫中找不到可心的美人，因此而郁郁不乐，于是有人向玄宗进言说，寿王妃“资质天挺，宜充掖廷”——意思是，寿王妃天生丽质，这样的美人应该纳入后宫才对。

玄宗没有顾及他曾经对武惠妃的宠爱与对寿王的钟爱，将杨玉环召入宫中。

开元二十六年（738 年），玄宗立长子李亨为太子，是为后来的唐肃宗。

天宝四年（745 年），也就是寿王失去自己的妻子八年之后，玄宗将韦昭训的女儿册立为寿王妃，然后册立杨玉环为贵妃。

韦氏为名门望族，居于长安城南的韦曲，又有名门杜氏（就是杜牧出身的家族）居于城南杜曲，世人称“城南韦杜，去天尺五”，以此形容韦杜二姓的门第之高。

在玄宗看来，给寿王娶一个韦氏的王妃，便算是很有诚意的弥补了吧。

寿王平淡平凡的后半生，也由此开始。

《长恨歌》里，白居易为尊者讳，对于杨贵妃的出身，以“养在深闺人未识”一笔带过。不过实际上，唐人对此事知之甚深，所以才有李商隐的这首《龙池》。

寿王本人，面对君父，必然是不可能留下不甘不愿的痕迹，更不可能如韩翃一般得到友人的帮助，将官司打到御前来夺回柳氏。

然而，寿王的心中，真的就没有怨言，没有隐痛吗？

“薛王沉醉寿王醒”一语，是李商隐的曲笔隐指，也是寿王在沉寂之中的幽怨。

入宫之后“三千宠爱在一身”的杨玉环，终究还是被赐死于马嵬坡。“君王掩面救不得，回看血泪相和流。”——玄宗的权势，在天翻地覆的战乱之中，失去了作用，这一回，轮到他失去自己心爱的美人了。

只是，这样的劫难之中，受害最深的，仍然是那众目所瞩的美人。

贵妃之死，似乎是确凿无疑，但白居易还是在神仙世界里，给了杨贵妃一个逃脱死亡的结局：“忽闻海上有仙山，山在虚无缥缈间。楼阁玲珑五云起，其中绰约多仙子。中有一人字太真，雪肤花貌参差是。”

日本又传言说，杨贵妃当年侥幸未死于马嵬坡，而是跟随遣唐使东渡日本了，并留下了诸多遗迹，据说曾经红极一时的日本演员山口百惠，还曾经拿出家谱，宣称自己是杨贵妃的后代。

世人传诵《长恨歌》，探究贵妃生死之谜，其实也是希望她真的能够从马嵬坡的劫难之中逃生、安宁平和地生活在某个地方直至善终吧。

前人云：自古美人如名将，不许人间见白头。

“红颜薄命”一语，大约便是如此而来。

在这几个故事里，催逼红颜的是权势。

唯愿今时今日的美人们，都能够理直气壮地展露着自己的美丽与气质，能够昂着头自由自在地漫步在街头，能够含着笑从从容容地老去。

众生之相

人生百态图画中

王建是个擅长写风土人情的诗人，他笔下的唐代女性生活，取材广泛，描写细致，字里行间仿佛可以看到诗人心中对她们的深切同情与体贴入微。

我们且来看一看，王建笔下的唐代女性吧。

其一：新嫁娘

王建的诗，最著名最为后人所熟知者，大约应属那首《新嫁娘》：

三日入厨下，洗手作羹汤。

未谙姑食性，先遣小姑尝。

从这首诗来看，唐代的新嫁娘在新婚的头三天，是不干活的，这算是一个比较人性化的风俗。毕竟，对于新嫁娘来说，在经历一场往往令人筋疲力尽的婚礼之后，从父母身边嫁入一个几乎陌生的新家庭，从此以后就要一直生活在这里，承担起为人妻为人母的种种责任，这样身份与环境的巨大转变，的确需要一点休息与缓冲的时间。

不过，休息的时间有限，在婚后第三日，新嫁娘便要下厨做饭菜，以表示从今后要谨事公婆。

女主内男主外，新嫁娘下厨的考官，自然是主内的婆婆。

初来乍到的新嫁娘，当然不知道婆婆的口味。这里的“姑”，是指婆婆。古人常以“舅姑”指代公婆，有人考证说这是来自于原始社会的族外婚制度，又在常见的中表婚姻关系中得以延续。

新嫁娘还是挺聪明的，知道口味的偏好很多时候可以直接决定得分高低——像南方人不吃米饭总感觉没吃饭，北方人没有面食那也不能叫吃饭——所以做好饭菜之后没有直接端上来，而是想先知道婆婆的口味。

或许因为敬畏，也或许因为害羞，忐忑不安的新嫁娘，不敢直接去问婆婆，于是悄悄地请小姑子来尝一尝自己做的饭菜，试一试是否合婆婆的口味。

一家人的口味，常常是很相似的。由此及彼，挺有道理。

这首小诗，很有那种杨柳青年画的感觉，满满的人间烟火气。

洗手做羹汤的新嫁娘，其实不只站在王建的诗中。

家家户户灶台边，大都曾经有过，或是现在正有，要么将来会有这么一位小心翼翼、悄然试探新家庭口味的新妇。

其二：闺中思妇

唐代有“镜听”的风俗。就是在除夕或岁首的夜里抱着镜子偷听路人的无意之言，以此来占卜吉凶祸福。王建《镜听词》写的就是一位女子用“镜听”来占卜夫婿归家日期：

重重摩挲嫁时镜，夫婿远行凭镜听。
回身不遣别人知，人意丁宁镜神圣。

怀中收拾双锦带，恐畏街头见惊怪。
嗟嗟瞭瞭下堂阶，独自灶前来跪拜。

出门愿不闻悲哀，郎在任郎回不回。
月明地上人过尽，好语多同皆道来。

卷帷上床喜不定，与郎裁衣失翻正。
可中三日得相见，重绣锦囊磨镜面。

嫁妆里的镜子好好打磨之后，准备用它来占卜远行的夫婿几时归家；这件事不能让别人知道，因为铜镜有灵，如果泄露消息也许就不灵验了；将铜镜藏在怀里，先到灶前跪拜灶神，然后悄悄出门，希望不要听到不吉利的话语，只要夫婿安好，就算不能回家也没有关系；一直听到明月初升，行人过尽，听到的都是吉利之语；回家后心里太欢喜，给夫婿裁缝衣服时都缝反了一面；镜子告诉我三天内就能与夫婿相见，于是欢喜不尽地重新绣一个锦囊，将铜镜再打磨一遍装入锦囊中收好。

“镜听”的风俗，流传极久，《聊斋》中也有一篇《镜听》，这个故事里的妯娌二人占卜的是各自夫婿科举考试的成绩，结果都应验了。

王建笔下的闺中思妇，还有一位扬州商人的妻子，扬州商人到长安经商，与妻子天各一方，那个年代，通信太不方便，常常不知对方的情形怎么样，只好寄托于鬼神：“扬州桥边少妇，长安城里商人。二年不得消息，各自拜鬼求神。”（《江南三台词四首》）

那位镜听的女子，与这拜鬼求神的扬州少妇，其实有着同样的处境、同样的心理。这样的场景，也是那个时代街头巷尾的常见情形。

其三：辛勤劳作的农妇

王建在《簇蚕辞》中写道：“蚕欲老，箔头作茧丝皓皓。场宽地高风日多，不向中庭燃蒿草。神蚕急作莫悠扬，年来为尔祭神桑。但得青天不下雨，上无苍蝇下无鼠。新妇拜簇愿茧稠，女洒桃浆男打鼓。三日开箔雪团团，先将新茧送县官。已闻乡里催织作，去与谁人身上著。”

养蚕的农妇，在成茧之际，先行祝祷一番：蚕儿快快结茧，不要辜负你们吃的这些上好桑叶；但愿天气晴朗，没有苍蝇和老鼠来祸害；蚕妇拜茧山，祈求蚕茧结得稠密厚实，然后农夫打鼓，蚕妇用树枝蘸着桃叶汁水细细地洒沥，驱走邪鬼；雪白的蚕茧结成后，赶紧要送到官府里去，听闻乡里已经在催促赶紧缫丝织布了，不知道这绢布会穿到谁人身上。

王建在《当窗织》中写道：“叹息复叹息，园中有枣行人食。贫家女为富家织，翁母隔墙不得力。水寒手涩丝脆断，续来续去心肠烂。草虫促促机下啼，两日催成一匹半。输官上顶有零落，姑未得衣身不著。当窗却羡青楼倡，十指不动衣盈箱。”

贫穷的织妇，在寒冷的夜里还在不停劳作，手指僵冷，蚕丝脆断，总要停下来接上断丝，不能不让人心中急躁。织机下的草虫鸣声急促，仿佛也在催促织妇加快速度。两天便织了一匹半，缴了官税只余下一点零头，这点零头根本就不够她和她的婆婆裁制一件衣服。织妇坐在窗前织布，长吁短叹，徒然羡慕那青楼中的女子，不织寸布，却坐享满箱衣服，就像是自家园中的枣树结的枣子全被园外行人摘食，令人心中愤愤不平又无计可施。

宋人张俞有《蚕妇》一诗：

昨日入城市，归来泪满巾。
遍身罗绮者，不是养蚕人。

其中辛苦悲酸，与王建笔下的蚕妇织妇的遭遇很相似。

唐代的养蚕农妇与织妇，辛苦劳作，是为了缴纳官税。

唐代前中期实行均田制，丁男二十岁以上，授田百亩，其中二十亩为永业田，可以传给子孙；八十亩为口分田，死后还给国家。政府依据授田记录，不论贫富，征收租庸调。租，每丁每年粟二石；调，绢二丈、绵三两或布二丈五尺、麻三斤；庸，服徭役二十天，闰年加二天，每丁可按每天交纳绢三尺或布三尺七寸五分的标准，交足二十天的数额以代役。这就是时人说的“有田则有租，有家则有调，有身则有庸。”男耕女织的时候，“调”显然是由家庭中的女性来负担的。

在王建生活的时代，因为均田制执行不下去了，租庸调制也被废止，改行两税法，不以丁口为征税依据，而是根据财产多少来征税，并且将实物税改为供货币税——但因为市面上的钱币流通量不足，钱重物贱，民众负担加重，政府收税也困难，因此又改为实物税，这实物税里，自然也包括生活必需的绢棉布麻等纺织品。

也就是说，不论是租庸调的时代，还是两税法的时候，唐代女性都有沉重的赋税负担。

其四：织锦女工

唐代赋税制度收取上来的纺织品，品质参差不齐，大多比较普通，要想得到品质出色的纺织品，还是需要比较专业的纺织机构来组织生产，比如说民间的手工作坊与少府监下的织染署等，另外还有一种官府控制、散点生产的织造户。王建《织锦曲》一诗，写的便是以“蜀锦”闻名的蜀地织锦女工的艰辛：

大女身为织锦户，名在县家供进簿。
长头起样呈作官，闻道官家中苦难。

回花侧叶与人别，唯恐秋天丝线干。
红缕葳蕤紫茸软，蝶飞参差花宛转。

一梭声尽重一梭，玉腕不停罗袖卷。
窗中夜久睡髻偏，横钗欲堕垂著肩。

合衣卧时参没后，停灯起在鸡鸣前。
一匹千金亦不卖，限日未成宫里怪。

锦江水涸贡转多，宫中尽著单丝罗。
莫言山积无尽日，百尺高楼一曲歌。

大女，并不是大女儿的意思，而是指“丁女”，也就是已经成年，需要开始服徭役的女子。织锦户家里刚刚成年的女儿，名字已经录进了官府的女工名簿，织了一卷锦缎的起头呈上官府考校，听说要中选很不容易。

诗中这位织锦女工，技艺超群，别出心裁，锦缎上红楼瑶草、花开蝶舞，与众不同。这样出色的技艺，自然是中选了。

中选之后，织锦生涯倍加辛苦。当窗而织，一梭接一梭，晚睡早起，连停下来稍作歇息、整理松散发髻的时间都没有。锦缎华美无比，有人想要出千金购买，也不敢卖，只因为向宫中上交贡品的期限已经快到了，若是违了期限，要被问罪。

锦江水涸，行船不便，但是宫中索取的贡品，反而更多。宫中的蜀锦堆积如山，看起来似乎怎么也用不完，然而宫人个个都穿上了单丝罗衣，高楼夜宴，贵人们听完一首歌，赏给歌伎的动不动就是上百尺的锦缎。哪怕蜀中进贡的锦缎再多，织锦的女工再怎么夜以继日地赶工，又如何供得上这样的挥霍？

织锦女工的艰辛生活，与蚕女织妇，小异大同，读诗之时，仿佛可以听到王建的长叹。

其五：宫女

王建为时人所推重的，还有《宫词一百首》，实际上是102首，据说素材来自于和他同宗的掌权宦官王守澄。

这百首宫词，从早晨起床（“红日初生碧海涛”）写起，细细地描绘了宫女的生活图景：

依着各自的班次，随侍皇帝上朝的所见所闻：“五刻阁前卿相出，下帘声在半天中。”“天子下帘亲考试，宫人手里过茶汤。”

射猎：“射生宫女宿红妆，把得新弓各自张。临上马时齐赐酒，男儿跪拜谢君王。”——精于骑射的宫女，脸上还残留着昨晚的脂粉，领了新弓，张弓虚射试了试手，准备上马射猎之前，以男儿礼节，先行跪射皇帝的赐酒。

生病时的萧索冷落，没有新衣可穿：“因吃樱桃病放归，三年著破旧罗衣。”也有穷极无聊的装病，唤来女医看诊：“白日卧多娇似病，隔帘教唤女医人。”

识字的宫女被派到书房服侍：“近被君王知识字，收来案上检文书。”

天气太热，在水槛夜宿，仰望天河织女星，心绪茫茫：“避热不归金殿宿，秋河织女夜妆红。”

笑闹着向宫外来的扫地夫打听宫外的情形：“宫人早起笑相呼，不识阶前扫地夫。乞与金钱争借问，外头还似此间无？”……

王建的这些诗，很容易让人联想到《清明上河图》的风格，工笔细画，描尽宫城禁苑与市井百态。

宋人张择端《清明上河图》与唐人吴道子《八十七神仙卷》《天王送子图》的区别，大致有类于宋代与唐代社会风貌之区别。

王建生于768年，也就是安史之乱结束五年后，死于835年，也就是唐朝灭亡之前72年。诗家往往将白居易生活的时代称为中唐，李商隐和杜牧生活的年代称为晚唐。

王建生活于中晚唐时期，但世风的转换，已悄然暗生。

王建笔下的唐代女性生活，俨然已是一幅女性版的《清明上河图》了。

走失的婢女

笼鸟风花在何处

婢女是唐代中上层社会的家庭中常见的一类人物形象。唐人的画作、诗文、传奇小说之中，常常可见她们的身影。多数时候，她们就像是背景板一般不容易被读者观者注意到。

她们的社会地位，按唐律来说，是“律比畜产”，她们就如同家里的牲畜一样，都是可以自由买卖的有生命的私有财产。

然而，仔细看来，在唐人的笔下，那些婢女，仍然有着各自鲜活的面容与生动的灵魂。

这大概是因为，唐律和唐人的观念中，婢女是“人”而非“畜”，所以是“律比畜产”——在法律地位上等同于“畜产”，而不是简单地“等同畜产”。

而像白居易这样对女性深具同情之心的诗人，对家中婢女的态度就更为仁厚了。

白居易家里走失了一个婢女，或者说，有一个婢女离家出走了，他贴榜寻找，又写诗以记，是为《失婢》：

宅院小墙庳，坊门帖榜迟。
旧恩惭自薄，前事悔难追。
笼鸟无常主，风花不恋枝。
今宵在何处，唯有月明知。

他住的宅院，小墙低矮，这大概是婢女能够越墙出走的原因。当他发现婢女不见了，到坊门处张贴寻人榜文时，时间已经很晚了——既云“坊门”，则应该是白居易住在长安城中的时候。长安城里的居民区称为“坊”，共108坊，对应108星宿，每坊有坊门，长安城有宵禁，暮鼓响完后，坊门关闭，禁止通行，直至晨钟敲响，才打开坊门，期间有犯禁在街上行走的，要受笞刑，不过疾病、生育、死丧之事，可以通行。

天色已晚，白居易不能带人到街上去追寻婢女，只能将寻人榜文贴在坊门外，期望有暮归或是早起的坊里邻居看到榜文，帮他一起留心。

婢女为什么出走？白居易很自责：是不是自己待婢女不够宽厚？或者是先前因为某事责罚太过？

白居易是否真的对婢女很苛刻？

先不说时人与后人有关白居易生平的记载与研究之中，并没有提到过这样的事例——以白居易的声名之盛，如果有此类事例，恐怕唐人笔记里必会留下一点记载。

从白居易的诗作中，我们也可以清晰地看到，他对女性有着一种真切的同情。

琵琶女是普通商人之妇，而被贬谪为江州司马的白居易，仍然是“士”，并且诗名已盛。政治上的不得意，并不影响诗名给他带来的尊重与敬仰，但是在白居易看来，他与身处整个社会下层的琵琶女，“同是天涯沦落人，相逢何必曾相识”！

看到男子丧妻后很快再娶，女子丧夫后却往往孤苦地抚育着幼子，白居易深为不平，作《妇人苦》一诗，劝世人“须知妇人苦，从此莫相轻。”

看到贫家女难嫁，白居易要为她们呼吁，让世人不要只看到贫女家境贫寒、嫁妆菲薄，而是要看到她们的孝顺：“富家女易嫁，嫁早轻其夫。贫家女难嫁，嫁晚孝于姑。”（《秦中吟·贫议婚》）。在杭州看到钱塘江边辛苦劳累的贫苦卖柴女时，他便写了一首为她慨叹不平的《代卖薪女赠诸妓》：“乱蓬为鬓布为巾，晓蹋寒山自负薪。一种钱唐江畔女，著红骑马是何人。”

十三岁的少女简简，不幸病逝，父母伤心欲绝，白居易为这个少女写了一首《简简吟》，记下她短短人生的幸福灿烂时光，劝慰她的父母不要太过悲伤，“恐是天仙谪人世，只合人间十三岁。大都好物不坚牢，彩云易散琉璃脆。”诗中那温柔的怜悯，是给予简简的父母的，也是给予小简简的。

工部尚书张愔死后，他生前宠爱的侍妾盼盼独居燕子楼十余年，守节不嫁，诗人张仲素为此写了三首《燕子楼新咏》，白居易当年曾经在张愔家的宴会上见过盼盼的歌舞并赠了两句诗，此时读到张仲素的诗，得知燕子楼之事，十分感慨，便和了三首：

其一

满窗明月满帘霜，被冷灯残拂卧床，
燕子楼中霜月夜，秋来只为一人长。

其二

钿晕罗衫色似烟，几回欲著即潸然。
自从不舞霓裳曲，叠在空箱十一年。

其三

今春有客洛阳回，曾到尚书墓上来。
见说白杨堪作柱，争教红粉不成灰。

唐代对女性守节虽然也推崇，但总体来说，比唐以后的时代还是要宽容得多，女性守节与否，更多还是自己的选择。白居易在诗中，并没有大力赞颂推崇盼盼的守节，而是满怀怜惜地写盼盼在燕子楼中孤独凄清的生活，以及对她自锁楼中、韶华易逝的感慨。

后人将张仲素的三首《燕子楼新咏》挪到关盼盼名下，又衍演出白居易责怪关盼盼深受张愔宠爱却不肯随死，逼得关盼盼自杀的故事，流传甚广。但是，多读几篇白居易关于女性的诗作，读一读白居易自己写在《燕子楼三首》诗前的序言，就不会有这样的误解了。

白居易晚年，患了风疾，自感病体难愈，家中有歌姬樊素、舞伎小蛮（唐人称她们是“樱桃樊素口，杨柳小蛮腰”），青春正好，白居易虽然不舍，仍旧安排她们出嫁。樊素不肯离去，白居易执意送走她们。临别时伤感不已，作《别柳枝》一诗：

两枝杨柳小楼中，袅袅多年伴醉翁。
明日放归归去后，世间应不要春风。

伤感之余，还是没有改变自己的决定。

在“女祸”观念十分普遍的时代，白居易所作的《长恨歌》，虽然也讽刺了玄宗因为宠爱杨贵妃而造成的恶果，但是指责的矛头，很显然并不是对准贵妃本人，相反，我们可以清晰地看到，诗中对贵妃之美的赞颂，以及对贵妃的深切同情。

白居易对女性的同情，很多时候，是将其放在比较平等的地位来同情的，而不是那种居高临下的慈悲。对待女性，他固然也有诸多传统时代士大夫的局限性，但这一份能够设身处地为女性着想的同情心，已经使得他超出于太多同时代的士大夫了。

所以，再回到我们先前的问题，大概已经有了结论：白居易不是那种苛责甚至于虐待婢女的人。他的自责与懊悔，恐怕是那种对自己的道德要求比较高的人的自责与懊悔。

白居易虽然在坊门张贴了寻人榜文，但他对于找回这个出走的婢女，大概并不抱很大希望，感叹道：“**笼鸟无常主，风花不恋枝。**”

这里将婢女比喻为笼中鸟枝上花，以今人的眼光来看，似乎有些物化女性。

不过，在唐代，律法规定：“奴婢贱人，律比畜产。”婢女为主家所私有，可以自由买卖，支配其婚姻，不得与良民通婚；婢女如果无罪被主家杀害，主家须服刑一年，过失杀之则不问。还有其他不少规定，不须赘述，我们已经可以看明白，什么叫做“律比畜产”。

因此，从唐人一般的观念来看，白居易的这个比喻，其实很符合常情。

另外，唐律虽视奴婢为“贱”，但毕竟还是视为“人”，所以唐律在严格规定了婢女的低贱地位之后，又规定了相应的一些权利和保障：“诸奴婢有罪，其主不请官司而杀者，杖一百。”“良人殴杀他人奴婢者，徒三年。”“故杀他人奴婢，流三千里。”；无论婢女犯什么罪，其法律责任均由其本人承担，主人概不负责；如主人若犯谋反、谋叛、谋大逆之罪，婢女还可以告发。

所以有学者认为，唐代婢女的地位，可以从“畜产”“贱人”“人”三个不同的层面来认识。

一方面，婢女是没有人身自主权的笼中鸟、枝上花；另一方面，她们又有着一定的独立性和自主性。唐代传奇中既有不幸遭遇的婢女，也有努力抗争、力图掌握甚至于改变自己命运的婢女。比如《却要》一篇中，女奴却要用自己的才智避开了主人家几个儿子的调戏欺侮；《红线》一篇中，潞州节度使薛嵩的婢女红线，盗走魏博节度使田承嗣的枕边金盒，使田承嗣害怕被刺杀而放弃了兼并潞州的企图，红线谢绝了薛嵩的千金之赏，只请求“还其本身”，也就是放为良民——红线如此大功，只换得自由之身，从另一方面也说明了婢女想要从贱籍转为良籍的困难。

白居易家里出走的这个婢女，看起来颇有些却要、红线的刚强个性。

按照唐律的规定，婢女擅自逃离，“一日杖六十，三日加一等”。

但在白居易的诗中，并没有提起这个惩罚。这首诗的题目也是《失婢》而不是《逃婢》，意思是奴婢走失，而不是逃跑。他张贴的寻人榜文，可能也是寻找走失婢女，而不是逃走的婢女。

这是白居易的仁厚之处。

在感叹了婢女有如那笼中鸟离笼而走、枝上花随风而去后，白居易又开始为她担忧。

长安城有着严格的宵禁，宵禁后，行人无故犯禁是要被严惩的。

这明月夜里，一个孤身女子，能够到哪里栖身呢？

笔者没有找到这件事情的后续记载，无法知道这个出走的婢女后来的命运。

在那个时代，只能祝愿她能遇到一个如白居易一样仁厚，甚至于更为仁厚的主家，能够平安度过自己的一生。

我亦为酒狂

杯中常满时光好

唐人好酒，蔚然成风，不独男子如此，女子亦然。

唐代女性饮酒，有的时候是应酬宴乐的需要。“名属教坊第一部”的琵琶女，在歌舞欢宴之中，喧笑戏闹，打翻了手中的酒杯，“血色罗裙翻酒污”；李白笔下，宴会上的“吴姬”，且歌且饮，“道字不正娇唱歌，玳瑁筵中怀里醉”，醉倒在诗人怀里；李白又有《口号吴王美人半醉》一诗：

风动荷花水殿香，姑苏台上宴吴王。
西施醉舞娇无力，笑倚东窗白玉床。

吴王宴会上的舞伎，且饮且舞，醉后无力，笑倚玉床歇息；宫中宴会，饮酒更是常事，后世有一出著名的京剧剧目《贵妃醉酒》，其背景便是唐宫中的宴饮，贵妃饮至沉酣。到了唐末五代，后蜀宫中的嫔妃，在宫宴时也常常饮酒，“浓树禁花开后庭，饮筵中散酒微醒”（李舜弦《蜀宫应制》）。

有的时候，唐代女性是将酒当成日常饮料来喝的。韩偓《偶见》一诗云：“秋千打困解罗裙，指点醍醐索一尊。见客入来和笑走，手搓梅子映中门。”少女荡秋千荡得累了，从秋千上下来，喝了一杯美酒解渴。醍醐，意即美酒，白居易《将归一绝》云：“更怜家酝迎春熟，一瓮醍醐待我归。”

也有的时候，唐代女性将酒视为人生之伴侣。鱼玄机在春日里饮酒消愁，常常喝到沉醉，“旦夕醉吟身”（《寄国香》），只可惜喝到伤身也难消春愁，“莫听凡歌春病酒，休招闲客夜贪棋”（《春情寄子安》）；在夏日里，幽居山中，看庭前花树，听林间泉声，自然也要临风饮酒，“坐上新泉泛酒杯”（《夏日山居》）。

《全唐诗》（卷799）收录有孙氏的一首《谢人送酒》：“谢将清酒寄愁人，澄澈甘香气味真。好是绿窗风月夜，一杯摇荡满怀春。”为什么要喝酒？只为借酒浇愁。亲友送来的酒，澄澈如水，气味甘甜芳香，最适宜好风明月夜，对着窗前春光，轻摇酒杯，缓酌慢饮——这是深得酒中之趣的饮酒之法。

唐代女性，喝的是什么酒？

因为唐人爱酒，唐代酒的种类极多。李肇在《唐国史补》卷中记载了唐穆宗长庆年间的14种名酒：“酒则有郢州之富水，乌程之若下，荥阳之土窟春，富平之石冻春，剑南之烧春，河东之乾和薄萄，岭南之灵溪、博罗，宜城之九酝，浔阳之湓水，京城之西市腔，虾蟆陵之郎官清、阿婆清。又有三勒浆类酒，法出波斯。三勒谓庵摩勒、毗黎勒、诃黎勒”。

当然，唐代的酒，远不止上述十几种。比如说河中府蒲州（今山西永济）的桑落酒，便享有盛名，郎士元在《寄李袁州桑落酒》中写道：“色比琼浆犹嫩，香同甘露仍春。十千提携一斗，远送潇湘故人。”十千一斗，在唐代是第一流的美酒了，所以唐诗中提到上等美酒，动辄便是“斗十千”。

学者王赛时的《唐代酒品考说》一文考证甚为细致，将唐代的酒分为以下几大类：

浊酒，也即“醪”，是传统的米酒，如宜城九酝、乌程若下、郢州富水——白居易《问刘十九》中“绿蚁新醅酒”一语，写的便是刚刚酿出的“醪”，浮在酒面的酒渣泡沫尚未过滤，颜色微绿，细小如蚁，故称“绿蚁”。

清酒，用曲量较多，酿造期长，酒熟后要进行过滤和压榨，从而使酒液呈清，同时，酒精含量也较高，度数较高。郎官清、阿婆清均属于这类酒。由于此酒产地就在长安近郊，因此其酒长期占据着京城酒市。

春酒，如剑南春就包括生春与烧春两类。生春是指按正常程序发酵成熟的酒；烧春则是在生春原醅的基础上，再经过一道低温加热杀菌的工序，使酒液可以长期保存。不过烧春还不是蒸馏酒。

花酿，如岭南博罗就是以桂花为串香材料而酿制的美酒。张平在《唐代的露酒》一文中说，唐人用发酵原酒为酒基，用浸泡、掺兑等方法加入香草、鲜花、果皮、果汁或中草药配制加工成露酒，如松叶酒（张九龄：“松叶堪为酒，春来酿几多。”）、新丰酒（王维：“新丰美酒斗十千”）、武陵崔婆酒（张白：“武陵城里崔家酒，地上应无天上有。”）、东阳酒（李白：“兰陵美酒郁金香”）等。

果酒，包括葡萄酒和三勒浆。唐初开始，原产西域的葡萄良种在河东境地大面积落户，葡萄酒由此在唐代大为盛行——唐人喝葡萄酒，还常常讲究美酒美器：“葡萄美酒夜光杯”（王翰）；“蒲萄酒，金叵罗”（李白）。三勒浆，即用庵摩勒、毗梨勒、诃梨勒三种热带或亚热带水果一起酿造的酒，实际上是果浆饮料，味道甘甜，不过由于制果浆时含有发酵过程，自生低度酒精，多饮能使人入醉，所以唐人列此为酒品。

王赛时认为，唐代尚无蒸馏酒。未经蒸馏的酒中，酒精含量大都不会超过 20%。由此看来，唐代的酒度数一般不高，所以李白动不动就能喝“斗酒”。

也有学者认为，蒸馏酒起源于唐代，唐人诗中的“白酒”应该就是蒸馏酒，烧酒也很可能是蒸馏酒。

不过，从《唐国史补》记载的这十几种名酒来看，即使剑南烧春有可能是蒸馏酒，大多数时候，唐人喝的还是不超过20度的低度酒，其中还包括三勒浆这样的含酒精果浆饮料。

所以荡完秋千的少女，才会喝一杯酒来解渴。

唐诗之中，处处皆有美酒影像。

唐初因为粮食紧张，一度曾经禁酒。经济复苏之后，酒禁随之解除，只需缴纳市税，便可自由酿酒。官府比较自由放任的酒业政策，“**稻米流脂粟米白，公私仓廪俱丰实。**”（杜甫《忆昔》）唐代的经济繁荣，使得酒肆酒坊随处可见，好酒的唐人，如鱼得水，随时随地都可以举杯一饮。宪宗时开始普遍实行酒税，不论饮酒与否，均需缴纳，收入十分可观，也足见唐人的好酒成风。

浸淫在其中的唐代女性，怎能例外？

《全唐诗》（卷799）又收录有蒋氏的《答诸姊妹戒饮》一诗：“**平生偏好酒，劳尔劝吾餐。但得杯中满，时光度不难。**”——多谢姊妹们劝我多吃饭少饮酒，但我平生所好唯有酒，只求怀中酒常满，这才是人生好时光。

世人皆爱酒，我亦为酒狂。

踏歌女郎

灯下妆成月下歌

史载唐人好踏歌之舞。

踏歌舞类似于现在的广场舞、集体舞，联袂而行、踏地为拍、击掌相合，数人、数十人乃至数百人，皆可应声而歌，应歌而舞，随性随兴，从宫廷到民间，处处可见。

刘禹锡被贬夔州时，政治上的不如意，反倒激发了他的诗兴灵感。他模仿各地民间歌谣，写《竹枝词》《浪淘沙词》《踏歌词》等。《踏歌词》四首，记录的便是刘禹锡所见的夔州女郎的踏歌情景。

其一：

春江月出大堤平，堤上女郎连袂行。
唱尽新词欢不见，红霞映树鹧鸪鸣。

春江花月夜，江水与堤平。堤上女郎三五成群，拉着手牵着袖，相伴而行。她们边走边唱，在这春夜里，竞相想出新颖歌词来，唱出自己心中的真情与期待。一曲未尽，一曲又起。然而，眼看那天边朝日初升、红霞映日，堤树上鹧鸪已啼，却还不曾等到自己的情郎，女郎们是多么失望！那些小伙子们，是被什么事情耽搁了吗？还是这鹧鸪一声声啼叫将小伙子们拦了回去？

这第一首踏歌词里，踏歌女郎们，挥洒过无限热情之后，带着兴尽后的疲惫，带着不见情郎的失望，在霞光中怅然归去。

其二：

桃蹊柳陌好经过，灯下妆成月下歌。

为是襄王故宫地，至今犹自细腰多。

在第二首踏歌词里，刘禹锡描写了踏歌女郎们的形貌。她们喜欢在开满灿烂桃花的路上行走，喜欢穿过那飘拂的青青柳枝，花红柳绿，春意盎然，映照得她们面若桃花、腰如细柳。每当春夜来临，她们便在灯下细细打扮好了，相约一道，去往那月色里踏歌。夔州是从前楚襄王的宫殿所在之地，一直有传言襄王喜欢细腰，今天的夔州女郎，仍然是细腰者多。

身姿绰约、笑语盈盈的踏歌女郎们，在花下、柳下、灯下、月下，更显得美丽多情。

这样的女郎，宛然是巴山楚水间的精灵。

其三：

新词宛转递相传，振袖倾鬟风露前。
月落乌啼云雨散，游童陌上拾花钿。

第三首踏歌词，是这一组词的高潮。

又一个春夜来临，踏歌女郎们，联袂而行，你一句我一句，歌喉婉转，连绵不息，歌词新鲜生动，仿佛是女郎们那活泼多变的心思。她们一边唱，一边振袖起舞，摇摆之间，发环已然斜乱。春夜温暖的微风吹拂在脸庞之上，看看夜色已深，夜露已降，情郎也终于来到。两情相悦的欢聚，总是过得太快，转眼间月已西落，晨鸦啼叫。巫山云雨，已然消散，只有女郎遗落在陌上的花钿，留下了昨夜春梦的印迹，被游玩的孩童拾到。

刘禹锡在这里写得很委婉，不过“云雨”二字，在古典文学中，本来就有一层特殊含意，放在楚襄王故地，这含意就更为明确了。

宋玉曾作《高唐赋》云：“昔者楚襄王与宋玉游于云梦之台，望高唐之观，其上独有云气，崪兮直上，忽兮改容，须臾之间，变化无穷。”对着这倏忽变幻的云气，楚襄王问宋玉，此为何气？宋玉答这是“朝云”。何谓“朝云”？宋玉便讲了一个故事：“昔者先王尝游高唐，怠而昼寝，梦见一妇人曰：‘妾，巫山之女也。为高唐之客。闻君游高唐，愿荐枕席。’王因幸之。去而辞曰：‘妾在巫山之阳，高丘之阻，旦为朝云，暮为行雨。

朝朝暮暮，阳台之下。’旦朝视之，如言。故为立庙，号曰朝云。”

后人对此事吟诵者颇多，只是张冠李戴，将这个先王与巫山神女梦中相会欢好的故事，移到了楚襄王头上。如李商隐便有诗云：“非关宋玉有微辞，却是襄王梦觉迟。一自高唐赋成后，楚天云雨尽堪疑。”

由此，巫山云雨，乃至于“云雨”二字，便成了男欢女爱的委婉代称了。

故而，这第三首踏歌词里，刘禹锡写的其实是踏歌女郎与情郎的欢爱。

夔州居于巴蜀深山之中，交通不便，地方偏远，直到唐代，仍旧是贬谪流放官员的地方，当地民风，也因此而受中原礼教影响较浅，保留了诸多自由浪漫之特色，于是当地的女郎们在春夜里踏歌而行，且歌且舞，寻找称心合意的情郎，与情郎自由欢爱，而不是等待那“父母之命，媒妁之言”来决定她们的婚恋。

这样的风俗，既是巴蜀山民的遗风，也是先秦时代的遗风。

比如说，在《诗经·郑风·溱洧》中，我们便可以看到，青年男女们在三月上巳节踏青游春、寻找合意人的情景。

诗的结尾是：“洧之外，洵吁且乐。维士与女，伊其相谑，赠之以勺药。”从字面看，说的是洧水对岸的地方既热闹又宽敞，男男女女结伴而行，你来我往相互戏谑，互赠芍药，以表切勿相忘之意。

朱熹则直接解释为：“盖洧水之外，其地信宽大而可乐也。于是，士女相与戏谑，且以芍药为赠，而结恩情之厚也。此诗淫奔者自叙之辞。”

也就是说，洧水对岸其实是看对眼的男女们，相约幽会欢爱的地方。

这个解释，历代评家大多还是认同的。

因为原始社会遗风犹在而礼教仅仅初立，也因为人口太少、政府与民间都需要大力鼓励生育，因此，这有利于提高生育水平的春日欢会，在当时是大受欢迎的。

《史记·孔子世家》里说，叔梁纥“与颜氏女野合而生孔子。”这“野合”的解释，或以为应当是指颜氏女无媒无娉便与叔梁纥生活在一起，故曰“野合”；或以为指的就是叔梁纥与颜氏女在当时盛行的春日郊野欢会之中相聚而有了孔子。

孔子的出生并不符合后世的儒家礼法，但在当时却从未有人因此而鄙夷他，足见时代之风气。司马迁直记“野合”之事，虽是史家直笔，另一方面其实也说明，在司马迁的时代，先秦之遗风尚比较浓厚，故直书“野合而生”，不以为这应是孔子避讳之事。

到了唐代，中原文明日益成熟的礼法制度，对于婚姻有了诸多约束与规定。春日的踏青，便不再是光明正大地寻觅意中人、月下幽会的节日了。

但在这偏远的夔州，踏歌女郎们，仍然生活在这约束之外，仿佛是山间自由开放的野花。

其四：

日暮江头闻竹枝，南人行乐北人悲。
自从雪里唱新曲，直到三春花尽时。

第四首并不是直接写踏歌女郎，而是写这踏歌风俗。冬雪初降，漫漫长夜里，夔州人便开始唱起竹枝词，在深夜中唱和问答，传情写怨，并作为冬夜里的娱乐。从窗下一直唱到堤上陌上，从冬天一直唱到春尽花落，夔州人乐此不疲，夔州女郎在歌中联翩起舞，跳与她的情郎。这欢乐也让被贬到此地的刘禹锡更添哀愁。

刘禹锡的哀愁，或许也因为，眼前这踏歌的情景，让他联想到了长安城中的踏歌？

长安城中的踏歌，自然不同于夔州的踏歌，没有那月下的欢爱，而更多了长安特有的盛大喧嚣。

长安城有宵禁，唯一不宵禁的时候，是正月十五上元夜。

初唐诗人沈佺期有《夜游》一诗，记上元夜长安盛景：

今夕重门启，游春得夜芳。
月华连昼色，灯影杂星光。
南陌青丝骑，东邻红粉妆。

管弦遥辨曲，罗绮暗闻香。

人拥行歌路，车攒斗舞场。

经过犹未已，钟鼓出长杨。

今夜不再锁门宵禁，长安城中游人如云。明月下灯影绰绰，仿佛点点星光。青年男子骑着骏马，年轻姑娘们精心打扮，纷纷涌上街头。他们在人群中互相顾盼，想要从乐曲声中分辨彼此的心思，擦肩而过时，姑娘们的绮丽裙角隐约飘来缕缕暗香，让策马而行的少年们春心荡漾。长安大道上，只要有人开始踏歌而行，人流便会越聚越多，有人听歌，有人唱和，也有人自顾高歌；且歌且舞的一群姑娘，遇到另一群踏歌而来的姑娘时，便仿佛两只美丽的鸟儿相遇，棋逢对手，难免要斗上一场，在这赛歌斗舞之中，歌声越发婉转动听，舞姿越发婀娜动人，引得那些乘车观灯的女子，也纷纷驻车观看，或许车中的她们也在羡慕与向往这一份肆意的快乐。

可惜这样的快乐，意犹未尽，晨钟已鸣，上元节已经过去，新的一天来临。只能怀着无限惆怅，期待明年的上元佳节，再踏行歌路，再会斗舞场。

自初唐至中晚唐，虽然经历了安史之乱的重创，文明与生命自有其活力与出路，长安城中，上元夜的踏歌观灯盛景，仿佛仍是当年模样。

先天二年（713 年）正月十五夜，唐玄宗精选了长安、万年两地的少女千余人，在长安城中，于灯轮下踏歌三日夜。

差不多与白居易、元稹同时期的诗人张祜有《正月十五夜灯》一诗：

“千门开锁万灯明，正月中旬动帝京。三百内人连袖舞，一时天上著词声。”千家万户都打开门锁出来观灯，灯火辉煌，长安城中欢声雷动；众多宫女如同被放出笼的鸟儿一样欢乐地联袂而舞，歌声直上云霄。

这是上元佳节的狂欢之歌、狂欢之舞。

长安城外，也处处可闻踏歌之声，可见踏歌之舞。

与王维同时代的诗人储光羲，记下了他行经长干所见的月夜踏歌、歌声一路不绝的情景：“隔江看树色，沿月听歌声。不是长干住，那从此路行。”储光羲又有《蔷薇篇》，写一个“爱芳菲”的“秦家女儿”，春日里与女伴嬉戏，“连袂踏歌从此去，风吹香气逐人归”。

与白居易同时代的诗人顾况，记下了他在春夜借宿山村时听到的村人踏歌声：“夜宿桃花村，踏歌接天晓。”

大唐是一个酷爱歌舞的时代。

踏歌而舞的女郎，是其中最绚丽的色彩。

夔州的踏歌女郎，又是这其中尤为浓艳的一抹，在刘禹锡的笔下，跃然欲出，于千载之后，仿佛仍可看到她们的活泼热情、自由自在。

后　记

唐代女性的生活面貌，千姿百态，区区二十九篇短文，自然不能说尽，且留余韵，以待识者指正，以待有心者续补。行文至此应止，以《长安丽人》一诗结尾，笔力有限，不能严守格律，只取其意，描一幅长安丽人游春图，祝愿千年前与千年后的女性，皆如这长安丽人，生于富庶强盛，长于安宁繁华，青春常驻，时光美满。

《长安丽人》

长安细雨浥芳尘，上林风光在新春。
五陵年少策白马，陌上香车有笑声。
青青柳色拂锦障，灼灼夭桃映罗裙。
此情可堪入图画，曲江岸边丽人行。